夏目家のそれから

半藤末利子

PHP

夏目家のそれから

夏目家のそれから　もくじ

第四部 夏目家をめぐる小事件

第一部

ああ漱石山房

漱石の法要にて撮影されたと思われる一枚。
前列右より、小宮豊隆、夏目純一（漱石長男）、夏目鏡子（漱石妻）。後列左より、野上豊一郎、一人おいて遺影の右隣が松岡譲、その右に安倍能成。
撮影時期は、夏目純一が欧州より帰国後の昭和 13（1938）年以降ではないかと思われるが不明。（著者蔵）

まぼろしの漱石文学館

1

夏目漱石は明治四十年秋、牛込区（現新宿区）早稲田南町七番地の借家へ移った。家賃は三十五円。屋敷総坪数は三百四十坪で、その真中あたりに六十坪ほどの古ぼけた平屋が庭木に埋もれるようにして建っていた。

何でも三浦篤次郎《みうらとくじろう》というアメリカ帰りの紳士が明治三十年代に建てたものであるそうな。和洋折衷といおうか、当時の文化住宅とでもいったらよいような一風変わった建物であった。

漱石が生前客間兼居間にして使っていた十畳の畳敷きの部屋（元は板の間、夏目家で畳を敷いた）と隣り合わせの板の間も十畳で、そこに絨毯《じゅうたん》を敷き、その上に畳の間に向けて紫檀《したん》の書き物机と八端《はったん》の座布団を置き、書斎として使っていた。

それら十畳二間の周囲を取り囲むように三方には手すりのついたベランダ式の幅広の廊下が巡らされている。回廊の一部にガラス戸を入れたのも夏目家である。

書くことに疲れると漱石はこの回廊に置かれた安楽椅子にかけて頭や体を休めていたという。弟子達の面会日「木曜会《もくようかい》」の折りにはこの畳の間に人数分の座布団を敷き詰めて、弟子達との対話がなされていた。

ここが世に言う漱石山房《そうせきさんぼう》であり、ここで『虞美人草』から遺作『明暗』までの新聞小説などが生まれた（現在の漱石山房記念館は、新宿区が、漱石の書斎と弟子などが集った客間を、お金と時間と手間をかけて復元したものである）。

ここに移り住んだのは、この家がひどく気に入ったからとか、大学の教師を辞めて朝日新聞に入り本格的に小説家としてスタートするから、心機一転してとか、というわけではない。以前住んでいた西片町の家の家主が半年間に二度も家賃の値上げを要求したので、こいつはたまらん、と探したら、たまたまここが見つかったというだけのことである。

ただこの家の前の道がそのまま一直線で漱石の生家とつながっているのを多少は懐かしく感じていたやもしれぬ。森田草平《もりたそうへい》は最初この家を見た時、こんなガランとした家にどうして先生が住もうと思ったかわからないと言ったそうな。

が、漱石自身はこの風変わりな平べったい家をまんざらでもないと感じたようである。さりとて永住してもよいというほど気に入ったわけでもなく、ゆくゆくはどこかに自分の好みの家を建てたいと思っていた節もある。というのは、「辰野隆《たつのゆたか》君（仏文学者）が『家をお建てになるなら、すぐに親父（高名な建築家の辰野金吾《きんご》）に設計させますよ』と言ってくれたよ」と楽しそうに語っていたこともあったというから。かなり住んでからの話であるが、ある日妻の鏡子《きようこ》が「あなた、いっそここを買ってしまいましょうか」と問いかけたら、「それだけは絶対に嫌だ」と答えたそうである。

そう答えた一番大きな理由は、その土地の西側が一段高くなっていて、スラム化した五、六軒の長屋が建っていたことにある。ここの住人達に喧嘩の絶え間がなく、そのやかましいの何の。そして不潔極まりなかったので、永住する気にはとうていなれなかったのであろう。

しかし、晩年の漱石はさまざまな病気でほとんど満身創痍の上に小説を書き続けねばならなかった。新しい土地を見つけ新居を建て、住み慣れた家を後にするのはいかにも億劫であったろう。もう一つ気に入らないと思いつつ、ずるずると暮らしているうちに住み始めてから九年後の大正五年十二月九日に、この家で漱石は生涯を閉じた。享年五十。こうしてこの家は漱石の終《つい》の栖《すみか》となったのである。

2

私の父松岡譲《まつおかゆずる》は大正七年、漱石の長女筆子《ふでこ》と結ばれ、夏目家の一員となった。といっても婿養子に入ったわけではない。女と子供ばかりでは物騒だからせめて長男十歳、次男九歳の男児二人がもう少し大きくなるまで同居してほしいと鏡子に請われたのである。

松岡は縁あってこの家に入ったからには、そしてここが師の漱石の終焉の地となった以上は、この山房を守らねばならぬ、守るのが己の役目、義務でもあると心得た。山房は、今は夏目家が住んでいるが、将来は公に帰するべきものである、と考えた。しかしその時代の世の中の文化面に対する関心は皆無に等しい。

大正時代の初めとあっては、時代的に松岡の考えは早すぎた。しかし松岡は、今はそうであっても百年先には、山房はきっと日本有数の文化的財産になり得ると確信していたのである。

しかし鏡子も弟子達も、世の中の人々と同じような考えしか抱いていなかった。度外れた迷信好きの鏡子に至っては、「亡くなった人の遺品をいつまでも保有していたら災いが起きますよ」などと自分の信仰する占者《せんしや》に言われでもしたら、すぐにでも手放すぐらいのことはしかねないと松岡は見抜いて危惧していた。実際鏡子は、私の母筆子を始めとする六人の子供達を、出世前の子に骨拾いをさせるのは縁起でもないと言って、焼き場には同行させなかった。昔からそういう言い伝えがあったにしろ、このことは寺の倅《せがれ》であった松岡の目にはかなり奇異に映った。鏡子はその一方で漱石の遺体を解剖するよう、自ら申し出るほどの当時としては珍しく啓蒙的な女性であったというのに。

そういう鏡子をまず松岡は説得にかからねばならなかった。それが思った通りかなりの仕事となる。しかしここが漱石終焉の地となり、記念すべき漱石山房がある以上、何としてもこの地を確保しなければなるまい。何かの事情が生じて夏目家の頭越しに大家が他の人に売りに出さないとも限らない。急がねばならぬと松岡は焦った。差配は夏目家とも親しいお向かいの中山さんという医師だが、調べてみると、大家の阿部達夫氏は松岡と一高時代からの顔見知りの歌人で、どこかの病院長をしているとか。当初漱石と同じ理由を並べたてて反対を唱えていた鏡子も、松岡の度重なる説得でようやく折れた。そこで松岡が会って話してみると阿部氏は「君なら掛け値なしの二万円でいい」と言って快く売ってくれた。その時に漱石山房を、購入したての土地ごとそっくり東京市に寄贈してしまえばそれこそめでたしめでたしで済んだことであったろう。しかし前述の如くに当時の自治体は一切そんなことには興味を示さず、また夏目家の経済もそれを許さなかった。

次なる問題は、回廊つきの二間続きのこの山房を永久保存するためには、母屋から切り離さなければならない。が、そうすると山房との継ぎ部屋や玄関の三畳間も含めて五部屋しか残らない。大正八年には私の長姉も生まれたから、九人家族となったとあってはいかんせん狭すぎた。建て増しするには築二十年近い母屋は古すぎる。そこでいっそ新築することにしようと鏡子は決めた。

嬉しそうな鏡子から新しい建物の設計図を見せられた松岡は仰天した。並外れた仰々しい大邸宅であったからである。

「こんな大きな立派な家をお建てになってどうなさるおつもりですか。順当にいけば三人のお嬢さん方は次々に出ていかれるでしょうし」と強く反対し、そしてここぞとばかりに「私達夫婦は近くの小さな借家か下宿屋へ移りますから」と最初叶えられなかった願いを再び持ち出した。しかし鏡子は「一番上の兄貴にでもなったつもりで一緒に住んでほしい」の一点張りで、またしても松岡の願いを聞き入れようとはしなかった。夫婦二人の甘い新婚生活への夢はあえなく潰《つい》えてしまった。代わりに鏡子は松岡に立派な書斎を提供した。貧しくとも二人の新婚生活を夢見ていた松岡夫婦にとっては贅沢な住居や生活を享受することになったのかもしれないが、それ以上にありがた迷惑ではなかったか。しかしこれが鏡子流の愛し方、報い方なのである。

鏡子は心根の優しい真直ぐな善人には違いないけれど、人を人とも思わぬ傲岸不遜な一面もあったことは否めず、特に漱石という重石《おもし》から解放されてからは、若くして未亡人になった女性が得てしてそうであるように、ある種の独裁者のような存在となっていった。松岡に対しても根本的には所詮は弟子に過ぎないじゃないかと自分の子らより一段下に見ていた節がある。

漱石が亡くなった時、漱石の親友中村是公《なかむらぜこう》さん（満鉄総裁、東京市長を務めた）が、小説家なんてのは、その日暮らしのようなものだから困るだろう、と多額の金を下さろうとした時も、妹時子《ときこ》の夫、鈴木禎次《すずきていじ》氏がこれからは収入の道が途絶えて、お姉《あね》さんもお困りだろうと金銭的援助を申し出た時も、「まことにありがとうございます。でも、憚《はばか》りながら夏目の葬式代と子供の養育費ぐらいの貯えはございます」と鏡子はきっぱりと断っている。自分の愛する主人の葬式ぐらいは自分の思う通りに立派にあげたいという鏡子の矜持と、人様から憐みを受けるなんぞ真平だという鏡子の負けん気の表れの一つであろう。

しかし二人の篤志家《とくしか》の目には、鏡子が「立派には違いなかろうが、なんとまあ気の勝った、可愛げのない女ではないか」と映ったのではないだろうか。鈴木氏はお姉《あね》さんは勝気だからと後々まで言っていたようである。

相手が度量の大きな是公さんと身内であったから大事に至らずに済んだものの、これが弟子の誰かであったなら、それこそひとたまりもなかったことであろう。でも弟子は鏡子に金を出させる（借りたり、何か買わせたり、踏み倒したりする）ことは得意であっても、大金をくれる可能性はまず零に等しいから、こんなバカバカしい心配をする必要はないのだが。

鏡子の妹二人は桁外れの大金持ちであった。義弟の鈴木氏は名を成した建築家であった。鈴木氏がロンドン留学から帰国した折りに、丁度名古屋高等工業学校（名古屋工大の前身の一つ）が開校となり、そこの教授として招聘されたので、名古屋の主だったビルを数多く設計した。そして名古屋の街を石造りやレンガ造りで大変身させた。今でも鶴舞公《つるまこう》園《えん》内の奏楽堂や噴水塔は鈴木氏の設計した当時のままの姿に復元されている。名古屋に本店を持つ上野の松坂屋が関東大震災に遭ってもびくともしなかったことが御自慢で、それ以後さらに鈴木氏への東京からの注文も増えた、といつか筆子が言っていた。丹下健三《たんげけんぞう》氏ほどではないにしろ、大きなビルを設計するたびに総工費の一割が手に入るというのだから、いつの時代にも名のある設計家は相当の収入を得るのであろう。

二番目の妹は横浜と神戸にそれぞれ会社と宏壮な邸宅（園遊会などを催す大広間や西洋庭園もあったという）を構える生糸商に嫁いだ。妹は二人とも豪奢な暮らしをしていて大層見識の高い女性であった。そこへいくと、漱石は世間的に名を売ったとはいえ所詮は小説家である。本の売れ行きが良くても収入はたかが知れている。叔母様達は筆子に時折高価なものを買い与えてくれたらしいが、叔母様達の素ぶり口ぶりから何となく軽んじられ、侮られているなと感じていたと筆子は言っていた。

娘時代の鏡子は蝶よ花よと育てられ、長女であったから、妹弟達からはお姉様《あねえ》として奉られていたのに、結婚後、立場が逆転した形になった。人に施されるより、振舞う方がずっと好きな鏡子は、妹達の高価な贈り物を大喜びして戴いている娘をありがたいよりむしろ情けないという思いで眺めていたかもしれない。見当違いも甚だしいつまらぬ見栄と片付けてしまえばそれまでだが、見方によっては「私だってその気になれば、あなた達ぐらいの暮らしはできるのよ」と見返してやりたいような気になって新居を建てたとも言えないことはない。全集が売れ始めるや贅沢好きの二人の妹夫婦や実の娘の筆子さえ呆れ果てるほど度外れた浪費を鏡子はしまくったのである。

3

松岡の猛反対を押し切って、鏡子は旧居の三倍もある豪邸を建設した。娘婿といったって、松岡は鏡子からみれば、漱石の最晩年の僅か一年、山房の末席を汚《けが》したに過ぎない末弟である。松岡の意見などに耳を傾けるどころではなかった。鏡子からでき上がった図面を見せられた設計家の鈴木禎次氏は、いくらなんでもこれはちょっとと思い、口を挟んだらしいが、自分のやりたいという強い欲望の前には誰の諫言《かんげん》も耳に入らぬのが鏡子である。筆子の妹恒子《つねこ》の長女昉子《あきこ》はお茶の先生だけあって記憶の確かな女性だが「何しろ一つ一つのお部屋のお隣にお水屋があって、そこに冷蔵庫が備え付けられていたの」と説明してくれた。が、茶室じゃあるまいしと、豪邸などと縁のない私には一体どんな家なのか見当もつかない。松岡の立派な書斎にしても、松岡にとってはありがた迷惑とプレッシャーの種となったろうが、ほかの弟子達（ことに昔から夏目家の実情を見てきた古参の弟子達、たとえば寺田寅彦《てらだとらひこ》、小宮豊隆《こみやとよたか》、森田草平、鈴木三重吉《すずきみえきち》、安倍能成《あべよししげ》、野上豊一郎《のがみとよいちろう》、松根《まつね》東洋城《とうようじょう》など）や世間からみれば、許しがたい贅沢であったろう。松岡がねだったとは思わないまでも（思った人もいたであろう）、鏡子の庇護のもとにぬくぬくと甘えて暮らす、いいご身分の青二才ぐらいに松岡は見られていたであろう。

将来は公に帰するべきもの、という松岡の提案は鏡子に受け入れられ、山房は内部のものを紛失したり破損したりすることなく、そっくりそのまま屋敷内の東南へ引かれた。山房と新居はいつでも切り離すことができるようにとの配慮から、屋根と吹き晒しの廊下だけで繋がれていた。この時早速前述のおもだった弟子達の一部が山房を点検にきた。漱石の生前と寸分違わぬ状態で書籍から遺品までが元の位置に納まっているのを確認した彼らは、まずは満足気に帰ったという。これは松岡がお願いして鈴木禎次氏に山房の図面を正確に描いておいてもらい、事細かにデッサンをしておいたお蔭である。松岡にとっては、古参の弟子達は小舅《こじゅうと》のような存在であったろう。大正四年、帝大時代に入門した松岡に比して、彼らの多くは明治三十八年頃から夏目家に出入りしているし、松根東洋城は松山中学の、寺田寅彦は熊本の五高の、それぞれ漱石が教師をしていた時代の生徒である。彼らは年齢からいっても松岡より平均して七、八歳年長であった。

とにもかくにも、鏡子にとっては理想的な邸が約一年がかりで完成したのである。大正九年のことである。いよいよ本格的に山房保存の方策を練り進める時期が到来した。

大正十年頃の二月か三月の大暴風のある深夜、松岡は二階の書斎で一人日記をつけていた。ふと気づくと、それまで吹き荒《すさ》んでいた暴風がぴたと凪《な》いで静まり返っている。夜は深々と更けていく気配であった。と、バリバリという音が聞こえてくる。咄嗟に、カーテンを引き窓を開けると、眼下の隣家から煙と火の手が上がるのが見えた。あわてて家人を起こし、消防車を呼んだ。幸い半焼で済み類焼を免れたので、山房も焼け落ちずに済んだ。

そして大正十二年、東京は関東大震災に見舞われた。新居はビクともしなかったが、古屋の山房は屋根瓦がずり落ち、壁紙が斜めに裂けたり、飾ってあった棚の上の陶器が落ちて粉々に散らばったり、と惨憺《さんたん》たる有様となった。しかし屋台骨には異常はなかった。

これら二つの災害を目の当たりにした松岡は、記憶の新しいうちに、次なる災害に備えねばならないとの決意を新たに固めた。尻を叩かれるような焦燥感に駆られたのである。言うまでもなくこの時は屋敷内の一角の別棟として存在していたのであるから、夏目家の一所有物に過ぎない。だから今は夏目家がそれを守るのは当然である。それが夏目家の義務でもある。しかし一家には必ず盛衰というものがある。もし将来夏目家が貧すれば同じように守っていけなくなるのではないか。また万が一にも不心得者が出て中身が分散しないとも限らない。

建物を保持して中身を分散させずに守るのみならず、加えて漱石関係の資料を蒐集し、後世に遺すとなると、今のうちに形だけでも夏目家から独立したものにしておくに越したことはない。

今後数年のうちにはもっと安全な場所に移す方が賢明ではないのか。そして移築する際にはすっぽりと不燃建造物で覆うか、不燃建造物を山房の脇に建て、そこに蔵書や遺品を飾るか、あるいは山房そのものを不燃建築に建て替えた方がいいのではないか。震災直後の東京市にこの話を持ち込んでも手に余るだけであろうし、松岡は震災後くる日もくる日もそのことばかりを考えて過ごした。子供達を寝かしつけた後、書斎で二人きりで、夫から夫の夢、理想ともいうべき話を聞く筆子はどんなに嬉しかったことであろう。その当時の二人の数少ない楽しみと救いの一つになったのではなかったろうか。そして松岡はある結論に到達した。

長年の弟子達の頭越しに東京市へ話を持ち込むよりも、ひとまず九日会《ここのかかい》に貰ってもらうのが一番良かろうという案である。九日会の前身は木曜会である。木曜会とは毎週木曜日に漱石を慕う弟子達が師を囲んで話を聴いたり質問したりする会である。漱石の死後は毎週では多すぎるので毎月命日の九日の夜山房に集まるかつての友人達、門下生達の漱石を偲ぶ会となる。

余計なことかも知れないが、その第一回の九日会は大正六年一月九日に書斎（山房）で開かれた。出席者は大塚保治《おおつかやすじ》、菅虎雄《すがとらお》、畔柳都太郎《くろやなぎくにたろう》、眞鍋嘉一郎《まなべかいちろう》、滝田哲太郎《たきたてつたろう》（樗陰《ちょいん》）、林原耕三《はやしばらこうぞう》、松浦嘉一《まつうらかいち》、阿部次郎《あべじろう》、小宮豊隆、岩波茂雄《いわなみしげお》、芥川龍之介《あくたがわりゅうのすけ》、久米正雄《くめまさお》、松岡譲、前田利鎌《まえだとがま》、江口渙《えぐちかん》、須川弥作《すがわやさく》、神田十拳《かんだとつか》、森田草平、赤木桁平《あかぎこうへい》、内田百閒《うちだひやつけん》、津田青《つだせい》楓《ふう》、安倍能成、野上豊一郎、和辻哲郎《わつじてつろう》、東新《ひがしあらた》、速水滉《はやみひろし》、石原健生《いしはらけんせい》、夏目鏡子の計二十八人。ちなみに中村是公、狩野亨吉《かのうこうきち》、戸川秋骨《とがわしゅうこつ》、寺田寅彦、鈴木三重吉は第一回には欠席し、第二回の翌月九日には出席している。そして会員数は大正十二年頃で約二十人ほど。

ほぼこれくらいで続いたが、最盛期には三十人を越える日もあったとか。こうして九日会は、途中で休んだりしたこともあるが、昭和十二年まで続き、その年の四月九日をもって終了した。最終回の出席者は、小宮豊隆、森田草平、津田青楓、石原健生、夏目鏡子の五名である。あとは年に一回、本当の命日十二月九日に親族だけが集まって食事を共にした。

こうした経緯があるから、多分この九日会のお歴々が財団法人組織にして維持を計ってくれたらよいのではないか、と松岡は踏んだのである。

何も今すぐにというのではない。根本方針さえ決めておけば、そしてそれについて時間をかけて皆して充分に話し合っていって（どうせ毎月九日には集まるのだから）、三、四年かあるいは五、六年先には最良の方向にこの方針を練っていけたら、と松岡は考えていたのである。そのことについては鏡子は松岡の説得に快く応じた。そして全員に公表するというのではないけれど、いずれは夏目家から切り放すという計画を一部の弟子達には伝えた。

4

その話が伝わったのであろう、山房を移築されるなら、こちらに持って来られたらいかが、という話が、東横線（東急電鉄）の沿線田園調布の開発を、松林を切り開いて手がけていた漱石ファンの渋沢秀雄《しぶさわひでお》さんから門下の鈴木三重吉さんを通して伝えられた。三重吉さんと鏡子と松岡の三人は早速その会社の人に案内されて、洗足池畔の勝海舟の清明文庫のあるあたりと田園調布の公園へ見学に行った。三人とも大いに田園調布が気に入った。

その年（大正十二年）の十一月下旬頃、九日会の主だったメンバー約十名に山房に集まってもらい、鏡子未亡人が正式に挨拶を行った。

「先生が亡くなって来月ではや七年が経ちます」

と鏡子は切り出し、そして続けた。

その間漱石の遺室と書籍などの遺品を没後とほぼ同じ状態で護ってきた。そうすることが家族の務めであると心得ている。しかし、いつまた災難がふりかかってこないとも限らない。また一家には必ず盛衰というものがありその運命は知れたものではない。その時に無事かどうかは保証の限りではない。これは本来は公共に帰するべき性質のもので、一個人が所有すべきものではない。この先の安全な方針をしっかりと見届けてから、安心して私も眠りたい。

　そこで今日ここで私が皆さんにお願いしたいのは、皆さんの頭越しに全然関係のない所へ話を持っていくのは何だから、九日会の皆様に貰っていただけないだろうか。行く行くは財団法人のような組織を作って保存し続けていただけないだろうか。もちろん山房を始め、山房内にあるもの全部のほかに遺墨、原稿、漱石自身が集めた書画骨董の一切を一括して書画目録をつけて差し上げます。そうはいっても決して今年中とか来年中と期限を区切って下さいと言うのではない。とにかく根本方針を立てて、それに基づいて準備を進めていただいて最終的には最も安心な場所へ移して末長く保存していただきたいのです。もし、ここ早稲田南町が漱石終焉の地であるからこのままここに残したいというのであれば、それはそれでよい。その場合、新居を建てる費用や、新しい土地代金に見合うものぐらいはご援助いただきたいし、山房自体の防火防災設備を完全にすべきであると思うがいかが？

　と鏡子は結んだ。

　松岡は鏡子の納得を取りつけ、弟子達にその日の案内状を出したあと、予めその真意を一人一人に説明して廻ろうかと考えた。しかし松岡自身すぐに大災害が再来するとは考えにくく、むしろ警戒すべきは夏目家の窮迫であるという気がしてならなかった。鏡子の浪費を目の当たりに見せつけられていたからであろう。

そうならない今こそ移管の時なのである。これが眼目であった。けれども、こんなことを大っぴらに話して廻るのは、鏡子に対する背信行為にも等しいと感じ、気が進まず足も重かった。根回しするのを一日延ばしにしているうちに、当日が来てしまった。

「しかし当然前もって打っておくべきであったので、それを独り飲み込みしていたのは正《まさ》しく、私の若気の過ちであった」と松岡は大いに反省している。

松岡は兄貴格の寺田寅彦あたりが代表して「ありがとうございます。喜んで頂戴いたしましょう」と答えるとばかり思っていた。即答せずとも少なくとも「思し召しはわかったけれど何分にも突然のことですから、しばらくの猶予をいただいて一同よく相談した上でできるだけご趣旨に添うように返答いたしましょう」ぐらいのことは言ってくれると思っていた。ところが「天災は忘れた頃にやってくる」という金言を遺した寅彦が真先に口火を切り、旧居の玄関には蔦がぶら下がっていて風情があったなあ、先生は一生安家賃の借家住まいに甘んじていたのに、遺族は高級住宅か、と不平混じりに昔話を語り始め、肝腎要の返答をわざと避けて通っている風である。門下の親分格でもある寅彦がこの有様であるから、小宮、安倍、森田などのお歴々も右へならえで、門下の中の誰一人として山房の永久保存を積極的に推進しようとする者はいなかった。

少し脱線するが、私は以前、作家高井有一《たかいゆういち》氏の文章教室に通ったことがある。その時高井氏が「しみじみとした人柄を感じさせる文章を読んだからといって、それを書いた人がよい人だなんて思っちゃいけません。騙されてはいけません。いいですか、皆さん、文章と人柄は別なんですよ」と念を押すように言われたことがある。その時、私はなぜか寅彦の顔を思い浮かべた。

話を元へ戻す。その日は初めてのことでもあるし、法律などには明るくない連中ばかりなので、次回は安倍能成の弟で判事をしている安倍恕《あべはかる》氏に来ていただいて財団法人について説明していただこう、それから皆で十分に考慮しようと約して散会となった。

次回は十二月の初めの日曜日。安倍判事から説明を受けたりしたが、またもや初日同様、永久保存などそっちのけで、話がぐちゃぐちゃした愚痴話に逸れてしまった。おまけに山房を田園調布あるいは同沿線の何処かに移すというせっかくの渋沢さんの御好意、鈴木三重吉案すら危なくなってきた。

ついに鏡子の堪忍袋の緒が切れた。

「山房百年のため、いつまでも一夏目が私蔵しているより一番御縁の深い皆さんに貰っていただいて一等良い保存の方法を講じていただいたほうがよい、と松岡が頻《しき》りに勧めるので、私も家族も賛成してこうやって先日そして今日と続けてお集まりいただいたのです。しかし二日間に亘って議論していただいても四の五の文句ばかりおっしゃって、全然らちがあかないじゃありませんか。あなた方は松岡が考えたことだから、御自分達が先を越されてしまったから、お気に召さないのでしょう。もう結構です。いっそ私がこの案を引っ込めたらよいのでしょう。二日間で皆さんの肚が読めた以上、私の方から撤回させていただきます。皆さん、お忙しいところをどうもありがとうございました。若い安倍さん、今日はせっかくの日曜日をわざわざおいで願って恐縮でございました」

と切り口上で述べたて席を蹴って退室してしまった。一旦決意したら梃《てこ》でも動かない鏡子の性格を承知している松岡は〝万事休す〟と天を仰いだ。三重吉さんのみがバツの悪そうな顔を松岡に向けたという。こうしてこれで渋沢秀雄さんのご好意を、せっかくのチャンスを、永久に潰してしまったのである。

「では喜んで私達がいただきましょう」と誰かが一言言ってくれたら、すぐに仮調印できるように、と松岡は山房とその内容、並びに書画の目録などの原稿（ペン書）を作成しておくという周到な準備を怠っていなかったのである。その頃は財団法人と言ったって大した基金を積まなくとも許可になった。松岡は著書『ああ漱石山房』の中で「門下の人達は高名のわりにいずれも財布は軽かったのか」と遠慮がちに書いているが、私は門下の連中は結構良い暮らしをしていたのに、そして良い暮らしを維持したいがために、単に財布の紐が堅かっただけではなかったかと疑っている。いずれにしても門下生が一致団結して事に当たれば、他に同調者もあり、何しろ渋沢財閥が誘って下さったのであるから経済的な問題はどうにでもなったはずである。松岡も鏡子も弟子の顔など立てようとせず、三重吉さんに弟子代表となってもらって、夏目家単独で渋沢秀雄氏のお申し出を受ければよかったのに、と私には残念に思えてならない。もっとも完全に無視されたらされたで、どれほど弟子達は騒ぎ立てて反対したかわからない。

私は筆子の妹弟達から頭株の弟子達への誉め言葉をほとんど聞いたことがないのだが、三重吉さんのことは筆子がいつも懐かしそうに話していた。「三重吉さんてね、私達（松岡夫妻）がお招《よ》ばれして行くでしょ。そうすると『まるで昔の殿様のお姫様が家来の家に来て下さったようだ』と凄く喜んで下さるの。あの方は良い方よ」。そしてまた「森田草平さんも芯は全然悪くないのよ。でもあの連中に後ろから押されるのよ。そうすると抗しきれなくなって態度や言うことが変わっちゃうのよ」と草平をお人良しだが気の弱い、あてにならない人と評したことがあった。

先見の明を持たないわからず屋の弟子達と、怒らせてしまったら梃でも動かぬ頑迷固陋《がんめいころう》者に一変する鏡子との間に亀裂が生じたのはいつの頃であったのか。弟子達が鏡子を悪妻に仕立てて流布しそれが定着したのは、『漱石の思い出』（夏目鏡子述・松岡譲筆録）が昭和三年に発行された以降のことであろう。

少なくとも千駄木時代に少数の弟子達が夏目家に出入りし始めた頃は、弟子の方に遠慮というものがあったし、おのおのに純なところがあったであろうから、先生同様に毎回食事をふるまってくれる鏡子を立てていたと思う。筆子も子供の頃、時々本郷の下宿を訪れ、「小宮さーん」と階段の下から呼ぶと、二階の豊隆から「おー！」という返事があり、それから神田の錦輝館《きんきかん》に映画を見に連れていってもらったとか、弟子達が師を囲んで食事を摂る夜は、筆子を始めとする三人の子供達が、普段の何倍も燥《はしや》いで、弟子達の回りを飛び跳ねたり走ったりして、鏡子に叱られたとか、弟子達との緊密な付き合いを回顧することがあった。寅彦も熊本時代の新婚当時の漱石夫妻を、

「先生はいつも黒い羽織を着て端然として正座して居たように思う。結婚して間もなかった若い奥さんは黒縮緬《くろちりめん》の紋付を着て玄関に出て来られたこともあった。田舎者の自分の眼には先生の家庭が随分端正で典雅なもののように思われた。いつでも上等の生菓子を出された。美しく水々とした紅白の葛餅のようなものを、先生が好きだと見えてよく呼ばれたものである」（「文藝」臨時増刊・昭和二十九年六月発行「夏目漱石読本」）

と書いている。寅彦の好意以上の憧憬すら読みとれる文章ではないか。うぶな寅彦が漱

石夫婦を前にして身を堅くしながら和菓子に楊枝を挿し入れている様がありありと見えるようである。漱石がどっしりとした重石として存在していたから、弟子達もつけ上がってはいなかったし、鏡子も浪費家とはほど遠く、つましいが、気前のよい妻であり、漱石に叱られた弟子達と師の間を取り持ったりしてくれる頼り甲斐のある〝奥さん〟であった。

漱石が重石として働いたよい例がある。明治四十二年から、漱石は弟子達に漱石主宰の「朝日文芸欄」を担当させた。弟子達が交代で評論などを書いていた。木曜会でそれらの弟子達の誰かが時折図に乗った物言いをすると漱石は、ギョロリとした例の目で、睨み据えて、「生意気言うな。貴様たちは誰のお蔭で社会に顔出しが出来ると思うか」と怒鳴った。弟子達は呼吸が詰まりそうで身動きできなかったという。

千駄木、西片町時代は別として、終焉の地早稲田南町の頃には、漱石生存中の木曜会の行われる山房に鏡子を始めとする家族が出入りすることは希で、従って弟子達と家族の接触はほとんどなかったと言ってよい。

5

漱石の亡くなった夜、顔に白い布を被されて横たえられた漱石の脇の、いつも漱石が座っていた座布団に鏡子が座り、弟子を前にして、病状や臨終の模様などを問われるままに答えた。その時初めて目近に鏡子を見た、と当時新しい弟子の一人であった松岡は言っている。

「わざとらしい気取りがまるでなく、いかにもきさくで数時間前に夫を失って未亡人となったような哀れっぽさや、取り乱したところがなく落ち着いているところが奥ゆかしかった。どこか主我的な貴婦人タイプのところが気にならないでもないが、それだけにぐっと踏みしめたような意志の強そうな性格が、その場合心丈夫な感を起こさせるに十分であった」

と松岡はその時の鏡子の好印象を敬意を表しつつ書いている。その時松岡は鏡子の目とこめかみのあたりがひっきりなしに痙攣《けいれん》しているのを見て、「随分疲れているな」と感じたそうである。

その後、その夜のうちにいよいよ葬儀の準備にとりかからねばならなくなった。中村是公さんがお金の心配をして下さると同時に、何かと指図がましく采配を振るって下さるのはありがたいのだけれども、生前の漱石と親しくもない人々に入り込まれるのは面倒だなと鏡子は思っていた。そんな鏡子の意向とは別に、弟子達は自分達が中心となって葬儀の万端を取り決めようとし始めた。それも師を思えばこそでありがたいには違いないが、例によって一言居士《いちげんこじ》達があぁでもない、こうでもないとぐちゃぐちゃとそれぞれが自分の意見を言い始め、入り乱れてとうていまとまりそうにない。事ごとに議論の花を咲かせるに至って船頭多くして船山へ登るのことわざ通りとなる始末。

急を要する場合だけに鏡子は、葬儀の段取りは義弟の鈴木禎次に任せます、と言い切って弟子達にいっさい手を引かせ、是公氏にもお引き取り願うことにした。鈴木ならそういう面倒な人々を上手に扱ってまとめてくれるだろうと確信していたのである。面目を失った古参の弟子達は大いにむくれ、帰る道すがらさぞや不平やら不満を洩らしたことであろう。鏡子の弟が「自分はこれまで随分と大小さまざまな葬儀に係わってきたが、後にも先にも夏目のお兄さんの時ぐらいいやかましいものはなかったね」と後々まで語っていたという。

葬儀は青山斎場で営まれた。若い門弟である芥川龍之介と久米正雄は受付けを、松岡は車（人力車もある）の誘導係を一番新しい弟子故に買ってでた。若い松岡は寒風吹き荒ぶ中、己の役目を忠実に果たそうと懸命に努めたことであろう。小宮豊隆と松根東洋城は式場内で会葬者の案内役などを仰せつかった。

こうして葬儀は滞りなく行われたはずであった。ところが、実際はそうではなかったらしい。小宮と松根の二人は失態をやらかし、後で鏡子にこっぴどくやっつけられることになる。

漱石没後すぐに、夏目家は女・子供ばかりになって物騒だからと、まだ独身で仕事もしていなかった松岡ら若い弟子達に交代で宿直してくれるよう鏡子が頼んだ。喜んで引き受けた彼らは、このお蔭で家族と急速に親しくなった。

漱石が亡くなって間もないある日、松岡はたまたま宿直で夏目家の子供部屋（庭に独立して建てられていた）にいた。そこで子供達にせがまれて創作まじりの西洋の童話を語って聞かせていた。と、座敷の方からかすかに啜り泣きが聞こえてくる。松岡の話に聞き入っていた子供達は気付いていていないらしい。松岡は話を続けながら一方で聞き耳を立てた。子供部屋の小さな障子の破れ目から小宮の後ろ姿が見えた。恐らくその前に向き合って座っているらしい鏡子の泣きながらの叱責が途切れ途切れに聞こえてくる。

「なぜあなた方はそんな無様《ぶざま》なことをしでかして下すったんです！」

参列者の席順や焼香の順をまかされていたのに、小宮も松根も漱石の実兄直矩《なおただ》に焼香させるのを忘れてしまったのである。本来なら鏡子と子供達の直後に実兄に焼香をさせねばならぬのに、友人の中村是公さんや菅虎雄さんや狩野亨吉さんなど偉い人々や鏡子の母を始めとする実家の中根一族を先にさせて、それに続いて弟子達が焼香し始めてしまった。

「いくら不肖の兄だからってあんまりだあネ。あたしゃあんな情ない思いをしたことはないね」と実兄は鏡子に涙ながらに訴えに来たというのである。「責任は全て私にあります」とひたすら詫びたが、気持の納まりのつかないのは鏡子である。鏡子にしてみれば門下最長老（寺田寅彦は病で出席できなかった）の小宮にまかせた、という心のゆるみがあったし、漱石が寝ついてこの方充分な睡眠をとってこなかったから、椅子に座って導師の読経を聞いていると、たちまち上まぶたと下まぶたがくっついてしまうほどの睡魔に襲われる。細かいことにまでとうてい気を配れる状態ではなかった。

「弟の葬式でお兄《あにい》さんに焼香させないなんて誰が聞いても穏やかじゃないでしょう。『日頃から弟子達が私を軽蔑してるからこうなるのだ』とお兄さんは怒って帰ってしまわれましたよ。どうしてくれるんですっ」

と涙ながらに言う鏡子に、「私どもの手抜かりは万々済みません」と平謝りはしたものの、「でもそれはお兄《にい》さんのひがみじゃありませんか」と小宮はぬけぬけと応酬する。

「あなたはお兄《あにい》さんの罪にして自分の罪を逃れようとなさるの！　あなたの意見や感想はこの際いっさい許しません」

と小宮の思い上がった言い訳を拒否する鏡子の、押し殺してはいるもののヒステリックな泣き声が松岡の耳に届いた。夫の死以来、じっとこらえていた涙が一時に溢れ出た感じである。幸い子供達には気付かれずに済んだ。

鷹揚でネチネチと根にもつタイプではない上に、筋をきちんと通そうとする鏡子は、初七日の夜には門下一同を葬儀の手伝いをしてくれた礼に山房に招いて食事をふるまってい る。そして漱石の句「稲妻の宵々毎や薄き粥」をそれぞれの名入りで帛紗《ふくさ》に染め抜き、香典返しとして皆に配っている。以後毎月の九日会には弟子達をもてなしている。会費などはいっさい取っていない。

そうした優しさを持つ鏡子だけに、門下生達の義兄無視の処置を許すことができなかったのである。しかもさもそうされるのも義兄の当然の報いの如き豊隆の言葉を、到底許すことのできないものとして受けとめた。しかし、それでも鏡子はこのことを自分の胸の中に何とか納めてとくに表立てることはしなかった。

たしかに実兄直矩はかつて郵便局に勤めていたが、定年後は漱石から生活費の一部やら小遣いを貰う身になっていた。漱石はこの兄の来訪を歓迎しなかったらしい。小遣いをやらねばならぬとか身分が高くないという理由からではなく、大学生時代にあまり兄夫婦に温かく接してもらえなかったからであったという。しかし鏡子は、漱石が兄に無愛想であるないに関係なく、義理の兄を一段下に扱うようなことは決してしなかった。漱石亡き後も同額の援助を兄に渡し続けた。漱石生前以上に気易く直矩は夏目家を訪れ、子供達も矢《や》来《らい》の伯父さんと呼んで慕っていた。

松岡によれば、漱石は大変魅力的な人であった。彼を慕って集まる弟子達に分け隔てなく接し、質問すれば、真剣に答えてくれたし、小説も懇切丁寧に読んで、的確で細かい批評をしてくれた。弟子達一人一人に「私の漱石」「私だけの先生」という気持ちを抱かせる人であった。だから小宮豊隆が自分が一番先生を理解していて「自分ほど先生に愛された弟子はいない」と思い込むのは勝手であるが、勘違いも甚だしい愚かな思い上がりにすぎないと私には思われる。とにかく古参の弟子達は、漱石が自分達と同等に扱う芥川、久米、松岡、赤木（桁平）ほか若い新しい弟子達の存在が面白くなく、ことあるごとに先輩風を吹かせていたらしい。漱石没後に急速に親しくなった新参者達を親分肌、姉御肌の鏡子は何かにつけて庇っていたという。鏡子にとっては、偉そうにふるまうこうるさい古参連中より自分を慕ってくれる若くていきのいい帝大生達の方をより可愛いと思うのが当然であろう。しかしそれがまた古参連中の神経を苛立たせ、忌々《いまいま》しい悪妻と小癪《こしやく》な若造どもめという図となったに違いない。

そのうち全集が売れまくるようになって大金が入ったものだから鏡子のバカバカしいほどの浪費が始まった。鏡子の派手な暮らしぶりを見て、毎月九日に集まる弟子達の誰もが「先生は血を吐くほどの思いで小説を書いていたのに」と眉を顰《ひそ》め、苦々しく思い、鏡子への反感を当然のことながら募らせていったのであろう。

山房移譲の話は漱石没後七年経ってそうした不信の強まる中で起こったことであった。鏡子への不信が深まっていたとしても、やはり弟子達は山房を残す努力をすべきではなかったかと私には思えてならない。漱石その人を真に愛していたのであるなら。

6

やがて夏目家は西大久保へ、そして最後には上池上《かみいけがみ》へと移った。筆子や昉子によれば早稲田の家は「住むだけでも費用がかかり過ぎて、とても住みきれなくなったのではないかしら」とか。

山房は元のままの姿で母屋と共に早稲田南町に取り残されていた。つまり山房があるために借家にするわけにもいかず、況《いわ》んや家屋敷を売るに於いてをやである。やむなく山房は風雨に曝《さら》されたままに放置しておくしかなかった。山房移転独立推進派の急先鋒松岡が夏目家の実子であったなら、事態は一転したであろうが、無力感を抱きつつ手をこまねいているしかなかった。

時たま九日会のメンバーの集まった席でこの話は出たこともあるが、例によってお歴々のあるでもないこうでもないという話に終始した。山房は放置されたままである。

昭和十九年十一月、いよいよ東京大空襲が予期される段階となって、松岡一家は新潟県長岡市の在に疎開した。その時かなり大きな農家を借りられ、引越し用の貨車二台も配給になった。松岡は漱石の蔵書だけでもそこへ運び込もうと思っていたが、なんと、一足先に蔵書は早稲田南町の山房から小宮豊隆によって彼の勤務先の東北大学に運ばれてしまっていた。もっとも小説家のくせに小説を書かず、戦後貧乏をした松岡によって疎開先に運ばれた蔵書が果たして無事に保存されていたか、となるとその保証は私にはまったくできないが。蔵書が仙台に運ばれたお蔭で戦災を免れ、今日までそのまま残ったのは慶ばしい限りではある。後に遺された遺品の一切は漱石の長男純一《じゅんいち》が上池上の自宅に運んだ。がどうしたわけか仏間に安置されていた死面《デスマスク》は取り残され、昭和二十年五月の大空襲で、山房もろとも焼失してしまう。その焼失をもう一度、「死」という言葉を使って、「まことに象徴的な死であった」と松岡は述べている。

そして南町の土地は戦後東京都に払い下げられた。「早稲田を売った土地のお金ねえ、栄子《えいこ》さん（漱石の三女）に少し上げたよ。だって可哀想だろ」と鏡子が筆子に告げ、筆子が「そうね」と深く頷いているのを私は傍で見聞きしていたことがある。栄子は生涯独身のまま鏡子と暮らし、老いた鏡子の世話をし看取ってくれた。

多少の分散はやむを得なかったが、遺品の大半は固く守り通した純一の死後に、無欲な純一夫人嘉米子《かめこ》によって神奈川近代文学館にそっくり寄贈された。

ところでなぜ漱石とは何の縁も所縁《ゆかり》もない東北大学にすべての蔵書があらねばならぬのか、その理由が私はわからないでいる。小宮豊隆の勤務先だからという理由だけではとても納得できない。仙台だって戦災に遭っていて、東北大の本部は消失している。決して安全な場ではなかった。図書館が焼けなかったのは単なる偶然にすぎない。

このことについて、小宮はエッセイ「漱石文庫」に、すでに狩野亨吉とケーベル先生の蔵書があるからといって、こう書いている。

「狩野文庫とケーベル文庫とがある中に漱石文庫があることは、きわめて自然なことということができる。漱石文庫にもし霊があるとすれば、その霊はむしろ仙台に来ることを喜ぶに違いない」

何と自分に都合のいい我田引水《がでんいんすい》の解釈であろうか。私は呆れ果てると同時に、憤りが込み上げた。

それなのに世の中の多くの人々は、小宮が言葉巧みに誘導して、老いにさしかかった鏡子に安い値で東北大に売らせたことを、あたかも戦災から蔵書を守った功労者の如くに誉め讃えるのが私にははなはだ気に喰わない。

九日会では、山房保存についてああでもないこうでもないと言いながら、態度をはっきりさせなかったのに、時代を経ているからとは言え、夏目家や松岡を無視して、小宮は裏では阿部次郎（同じく漱石門下で東北大教授になった）とともに、秘かに東北大に購入させることを談合していたのである。東北大学図書館の木戸浦豊和《きどうらとよかず》氏の記述によれば、「阿部（阿部次郎）の日記からは、二人（小宮と阿部）は漱石山房と蔵書について、たびたび相談を持っていたことがわかる。例えば一九四二（昭和十七）年七月二十三日の日記に『午後図書館行、来学年の準備の為の本を借り出し、夏目宅の件につきて小宮と談合。五時帰宅』などと記している」

とある。戦争も末期になり日本が殺気立って人々は本どころではないから、鏡子の収入は殆どなかったのではないか。かえすがえすも口惜しいが、まとまった金に元来ひどく単純な鏡子の目が眩《くら》むのはやむを得なかったのかもしれない。

「小宮さんが勤め先に手柄顔をしたかっただけの話でしょ。そうやって大学に点数を稼いだわけでしょうよ。あの人のやりそうなことだわ」と筆子は思い出すのも汚らわしいという風に険《けわ》しい表情をした。世俗的な栄誉などにいっさい背を向けて生きてきた漱石の弟子にしてはお粗末というほかはない。

7

「漱石ほどの作家の記念館がどうして無いのですか」と私はよく訊かれる。以上が私の答である、と思っていただけるとありがたい。

二〇〇五年いらい、漱石終焉の地、早稲田南町に、「漱石山房」を復元しようという動きが、新宿区を中心に芽生えている。中山弘子《なかやまひろこ》新宿区長（在任二〇〇二～二〇一四年）は漱石山房の復元をマニフェストの一つに掲げて、二期目の再選を果たした。さらに二〇〇八年十二月九日（漱石の命日）には、区議会議員三十八名全員の賛同を得て漱石山房復元を目指す「新宿区議会議員の会」が結成された。そしてその中の有志が漱石の墓参をして復元を誓ったという。

こうして復元の準備は着々と整いつつあるが、中身だってある程度は揃えて充実したものにしなければならないだろう。維持管理はどうするのか。先々の問題は山積している。この世界的不況がいつまで続くかわからない。文化遺産を護ることは自治体の大切な役割の一つであるが、やはり新宿区は福祉などに重点的に資金を投じねばならないだろうし、それを私も望んでいる。漱石がお札の顔から消えたのは残念だが、新宿区が全国的に漱石ファンからたとえば千円ずつのご寄付をいただくというのは、かなり名案ではないだろうか。そして私が生きている間に山房復元が実現できるといい、と勝手に夢見ている。

【追記】
平成二十九（二〇一七）年九月二十四日、新宿区立漱石山房記念館が開館した。漱石生誕から百五十年のこの年に、漱石にとって初の本格的な記念館ができたことになる。

参考文献

夏目鏡子述・松岡譲筆録『漱石の思い出』文春文庫　一九九四年
松岡譲『ああ漱石山房』朝日新聞社　一九六七年
松岡譲『憂鬱な愛人』第一書房　一九二八年
関口安義『評伝　松岡譲』小沢書店　一九九一年
江戸東京博物館・東北大学編『文豪・夏目漱石』朝日新聞社　二〇〇七年

漱石記念館への道

三年後の二〇一七年に、夏目漱石生誕百五十周年を記念して、新宿区が、新宿区早稲田南町（漱石終焉の地）に、漱石山房記念館（仮称）を建設しようとしている。土地の持主は新宿区。戦前は夏目家の持ちものであった。戦時中にアメリカ軍の空爆により建物は焼失し、土地は戦後東京都が買い上げたのである。

しばらくは漱石公園となっていた。入口を入ってすぐに漱石の胸像が置かれ、その近くに石を積み上げた猫塚が建っている。今は横に細長い石ころが積み上げられているだけだが、元は私の父松岡譲が奈良の古塔にのっとって設計し、祖母の鏡子が猫の十三回忌に建立した立派な石塔であった。そして南面の広範囲に四階建ての区営アパートが聳《そび》え立っていて人が住んでいる。東から北へとL字型に残された土地は公園になっていて、ブランコや滑り台が置かれていた。が、どこか薄暗く陰気臭い印象を与えた。冬に訪れると、日当りが望めないので一層さびれた寂し気なたたずまいを見せていた。そのせいか子供達を含む人影はまばらで公園の体《てい》をなしていなかった。

平成五年に、私は突然新宿区役所から呼び出しを受けた。中山弘子区長、新宿区民から抽選によって選出された区民プランナー、新宿区立新宿歴史博物館長、早大名誉教授にして元山梨県立文学館長の故紅野敏郎《こうのとしろう》先生などと区民会館の一室でテーブルを囲んで話合いを持った。東京都から緑化運動の一環として七千万円が新宿区に支給された。それを元にして漱石山房（漱石の書斎）を復元したらどうか、と区側から提案が出された。丁度その頃、あくまでも噂としてであるが、人伝《ひとづて》に新宿区がミニチュア版の漱石山房を建てようとしている、と私は小耳に挟んでいた。それで意見を求められた時、「ミニチュア版のようなチャチなものをお建てにならない方がよろしいと思います」と主張した。七千万円以内で収まる程度のものを造っても結局早々といたんで捨てられるのがオチだから、金を捨てるようなものではないかと私には思えたのである。

何も建てないか、「もしお建てになるなら区民の将来宝物になるような本格的なものをきちっとお建てになる方がよいと思いますが」と私は大変大胆なことを言ってのけた。新しい建物を建てるだけだって大変なのに、現在人の住んでいる区営アパートの撤去は話にならないほどの大問題である。漱石ほど権力や権威とはほど遠い人もいなかったから、近隣住民の住居を犠牲にしてまで自分の記念館を作って欲しいとは露思わないはずである、目の前に膨大な金銭的問題が立ちはだかっている限り、このプランは早晩計画倒れに終わるであろう、とその時点では私は高を括《くく》っていたのであった。だから「お建てになれば、きっと区長さんのお名前が、文化に造詣の深い方として歴史に刻まれますよ」とけしかけたが、半分以上は揶揄《やゆ》というか冗談であった。

それで平成二十年の漱石公園リニューアルオープンの時は、隣地境界線に立つ崩れかけた石垣を修復し、木々を植え足す程度の整備にとどめ、続いて山房の回廊式ベランダと漱石関係の資料の発信基地としての道草庵が建てられた。

ここは都心には違いないが場所が悪い。地下鉄の早稲田駅からたっぷり徒歩十分はかかる。おまけに資料《もの》が極めて少ない。既に大半の漱石関係の資料は他の文学館などに収められている。紅野先生が「人が来てくれる要素がないから、むしろ都庁舎の中に山房を復元して見学に訪れた人々に観てもらったらいいと私は思いますよ」とおっしゃった。私もそれはいいアイディアだと思った。

この第一回の話合いから二年近くが経過した。その間に区長選も行われ、中山区長は、漱石山房リニューアルの実現もマニフェストの一つに掲げて二期目の再選を果した。区長さんによれば、漱石の書簡百二十通ほか書画などを寄贈してもよいという奇特な御仁も名乗り出てきて、区営住宅の代替地の候補地もいくつか上がっているという。前回はとても実現不可能だと思えたこのプランが、今回は確実に一歩前進しているという手応えと区長のやる気を私は肌で感じた。

＊

平成二十（二〇〇八）年、新宿区議会は全員一致で漱石記念館を建てることに賛同した。この議案が区議会を通過したのである。この頃、私は多くの議員さん達と会う機会があった。「余り御無理なさらないで」と心配気な顔をする私に「新宿区には漱石生誕と終焉の地があるのに今まで記念館が無かったのがオカシイのです」とか「昔の歌舞伎町のイメージで新宿はコワイ所と思われてきましたが、記念館ができれば、新宿は文化の香りの高い所と言われるようになるでしょう」などなど大変好意的かつ積極的にこのプランを捉えて推進しようとしてくれていることがわかった。

そして二〇一三年六月二十七日に、新宿区庁舎内で記者発表が行われた。夏目漱石記念施設整備基金を設け、全国から寄付金を募り建設費の一部に充てる計画と、七月一日から募金を開始し、寄付金の目標額は二億円であることを区長が発表した。

区長に言われて私も出席して記者団から、

「どんな館になったらいいと思われますか」などの質問を受けた。

「一度行ったらまた行きたくなるような、つまりリピーターの多い館になると良いと思います。そのためには、今は資料《もの》が少ないから、少しずつでもよいので、毎年増やすように心掛けること。もっと館そのものを魅力的にする工夫をこらすこと。館そのものに付加価値をつけるということです。たとえばここに来なければ手に入らないようなみやげ物を考案するなど、それと喫茶室を充実させること、品数は多くなくてもよいから、そして行列ができるほどでなくともよいから、美味しいものを提供すること。『あそこのカレーはまずい』という評判が立ったらもうおしまいです。誰もこなくなります」と述べた。

図書室、講演などを聴くことのできる多少大きめな講堂、講義を聴ける教室などが、復元される漱石山房と同じ建物の中に作られるそうだから、講座が終わったあとで、受講者同士がお互い話し合う場としての喫茶室は必要だし大切な場所となる。でもただあればよいというものではあるまい。洒落《しやれ》た空間で美味しいものを食べるのは誰にとっても、どういう状況かにかかわらず楽しいはずである。

その日、言い忘れたが、最も大切なことは近隣住民が盛り立ててくれなければ、こういう施設を発展させることも継続させていくこともできない。だから整備後にブランコや滑り台などが撤去されたのは、甚《はなは》だまずかった。

道草庵などができて整備され、以前より明るい雰囲気になったが、何かなければ滅多に人が訪れないのは今も同じで、二〜三人でも子供達が遊んでいてくれた時の方がまだよかったと私には思われる。

区営住宅が解体された後、その跡地に記念館が建てられるわけであるから、かなりの部分（殆ど今と同じだけ）が土地として残るわけである。そこを近隣の、そして館の来訪者の子供達に常に開放して自由に遊べるようにしておくことが非常に有益であろう、と私は考える。そして近隣住民には夏休みとか冬休みには、一週間ぐらいの無料券を配布してみてはどうだろうか。客が客を呼ぶというのか、常に人影が館の中に見える方が、人は入り易いし、入ってみようかという気を起すものである。

入館料は、門の所では取らないこと。建物の入口で支払っていただくようにする。門の近くの屋外は開放し、子供達の遊具を少し置き、またベンチなども置いて、お年寄りが散歩などをする折にちょっと腰かけて休めるようにする。そこで遊ぶ子供達が将来、記念館の利用者になって、優秀な漱石研究家、文学者、小説家に育ってくれないとも限らない。

ともあれ、三年後にできる漱石館には、ひっきりなしに人が訪れ、漱石を偲ぶに相応《ふさわ》しい空間となって欲しいものである。

【追記】

平成二十九（二〇一七）年九月二十四日、新宿区立漱石山房記念館が開館した。漱石生誕から百五十年のこの年に、漱石にとって初の本格的な記念館ができたことになる。

第二部

祖母・鏡子の「それから」の人生

右より、松岡譲、夏目純一（漱石長男）、夏目伸六（同次男）、夏目鏡子（漱石妻）、松岡筆子（漱石長女、松岡の妻）。
写真の裏に、「父が夏目家に入りたての頃」と著者のメモ書きがあることから、大正7（1918）年頃の撮影と思われる。（著者蔵）

漱石夫人は占い好き

迷信というか、占い好きの話となれば、これはあまりにも有名になっているが、やっぱり猫の話から始めなければならない。

『吾輩は猫である』のモデルになった夏目家の名のない飼い猫は、最初は小説に書かれている通りのノラ公であった。毎朝、雨戸を繰《く》るが早いか、家の中にニャンと飛び込んできて、漱石夫人の鏡子やお手伝いさんや子供達の足にじゃれついたり引っかいたりする。鏡子に言わせれば、仔猫のくせにハナから図々《ずうずう》しかったそうである。子供達が引っかかれて泣き出すたびに、鏡子はそやつをつまみ出すのだが、いつの間にか泥足のままお櫃《ひつ》の上にちゃっかり座っていたりする。いっそ誰かに頼んで遠くに捨ててきて貰おうかと思案しているうちに、

「そんなに家に入ってくるなら、この家が気に入っているのだろうから、飼ってやればいいじゃないか」

と漱石の一言があった。それからはひとまず表に追い出すことだけはやめたものの、猫嫌いの鏡子は悪戯《いたずら》が過ぎるとそやつを物差しでパシッとひっぱたいたり、御飯を抜いたりして罰を与えていた。

ところがある日、出入りのあんま師が膝にすり寄ってくるそやつを抱き上げて、しげしげと調べ上げたあげく、

「奥様、奥様、この猫は足の爪の先まで黒うございますから、珍しい福猫でございますよ。飼っておおきになるとお家が繁盛いたします」

と宣《のたも》うた。福猫と聞くや鏡子は、

「あら嬉し。福が向こうから飛び込んできてくれたとは」

と、即座にそれまでの虐待を止め、掌を返したようにそやつめに好待遇を与えることにした。たとえば小説にあるように、鰹節《かつおぶし》をふりかけた御飯に昇格したようである。

こやつをモデルにして初めて書いた長編小説で漱石はいっぺんに文名を馳せたのであるから、まさしくこやつは福猫だったのであろう。好待遇を受けつつ千駄木、西片町、早稲田と居を移して約四年間も飼われたのちに、こやつは明治四十一年に名もなきまま死んだ。その時漱石は、

「辱《じょく》知《ち》猫《ねこの》義《ぎ》久《ひさし》く病気の処《ところ》、療養不相叶《あいかなわず》、昨夜いつの間にか裏の物置のヘッツイの上にて

逝去致候《せいきょいたしそうろう》。埋葬の義は車屋をたのみ箱詰にて裏の庭先にて執行《とりおこない》仕《つかまつり》候《そうろう》。但《ただし》主人『三四郎』執筆中につき御会葬には及び不申候《もうさずそうろう》」

と、懇意《こんい》の人々にわざわざ猫の死亡通知を出している。そして死骸《しがい》を埋めた所には、猫の光る目を稲妻にたとえた

「此《こ》の下に稲妻起《おこ》る宵《よい》あらん」

という句を書いた墓標を立てている。亡くなった九月十三日には毎年弟子達を集め猫の法事を営んでいる。鏡子のみならず漱石もまた、このノラを福猫と思い、深く感謝していたのであろうか。そして漱石はすでに物故《ぶっこ》していたが、猫の十三回忌には、鏡子は猫を埋めた場所に九重の石塔を建立している。いまも早稲田の漱石公園にそれは立っている。そして福猫が死んだ後も、足の爪の黒い猫を調達してきては、鏡子は欲一心で終生嫌いな猫を飼い続けたのである。

明治四十四年冬の、病床から鏡子に出した漱石の楽しい手紙がある。

「拝啓　本日回診の時《とき》病〔院〕長平山金三先生と左の通り談話 仕候間《つかまつりそうろうあいだ》御参考のため御報知申上《もうしあげ》候。

旦那《だんな》様『もう腹で呼吸をしても差支《さしつかえ》ないでせうか』

病院長『もう差し支えありません』

旦『では少し位声を出して、――たとへば謡《うたい》など謡つても危険はありますまいか』
院長『もう可《い》いでせう。少し習《な》らして御覧《ごらん》なさい』
旦『毎日三十分とか一時間位づゝ遣《や》つても危険はないですね』
院長『ないと思ひます。もし危険があるとすれば、謡位《くらい》已《や》めて居《い》たつて矢張《やはり》危険は来るのですから、癒《なお》る以上は其位《そのくらい》の事は遣《や》つても構《かま》はないと云《い》はなければなりません』
旦『さうですか。難有《ありがとう》』
右談話の正確なる事は看護婦町井いし子嬢の堅く保証するところに候。して見ると、無《む》暗《やみ》に天狗《てんぐ》と森成大家ばかりを信用されては、亭主程可哀想《かわいそう》なものは又とあるまじき悲運に陥る次第《しだい》、何卒此《なにとぞこの》手紙届き次第御改心《ごかいしん》の上、万事《ばんじ》夫に都合よき様《よう》御《お》取計《とりはからい》被下度《くだされたく》候《そうろう》、敬具

二月十日午後四時　町井いし子立会の上にて認《したた》む

奥様へ　夏目金之助」

漱石のこの手紙を読むたびに、漱石がいかに鏡子を愛していたかを痛感させられ、私までが嬉しくなってくる。前年の八月に漱石は修善寺で大吐血をし九死に一生を得た。ようやく小康を得て十月には無事帰京し、内幸町の胃腸病院に病後の療養もあって入院するのであるが、経過もよくそろそろ退院の話が持ち上がるほど回復したある日、漱石は運動の

ために謡の稽古《けいこ》がしたいと言い出したのである。対して鏡子は、

「そんなお腹《なか》に力を入れるようなことをしてはまだ危ないから」

と猛反対する。

「では、院長に訊《き》いてみる」

と漱石が頑張り、その結果、右の報告の手紙を病院から自宅へ送った、というわけである。

森成大家とは主治医・森成麟造《もりなりりんぞう》氏であり、天狗とは当時鏡子が信仰していた易者のことである。この大吐血の前日、修善寺で漱石に付き添っていた鏡子はいても立ってもいられず、病状をつぶさに書いて、

「どうか易を立ててみた上で祈禱《きとう》して下さい」

と東京の天狗に手紙を出した。すると天狗から、〝とても悪い卦《け》が出た。いわば身体に弾丸が当たって爆発したような状態である。自分はこれから斎戒沐浴《さいかいもくよく》して三十七日間の祈禱に入るから、一週間ごとに容態を知らせてくれ〟という返信が寄せられる。

鏡子と天狗の間にはこうして手紙の往復が続いた。その間に漱石はまさに爆発した状態になったものの奇跡的に命をとりとめ、その後はいい具合に病人は快方に向かった。鏡子は漸《よう》くホッと一息ついた。すると留守宅と子供達のことが頻りと気になり始める。しかし

鏡子は結局漱石と共に帰京した。漱石はそのまま病院に入院し、鏡子は早速に天狗に礼に行く。と、天狗から面白い話を聞かされる。

ちょうど鏡子の最初の手紙を受け取る二、三日前に、どこからともなく天狗の家に黒猫が入ってきて住みついてしまった。しかし、これから祈禱を始めようというその日に、この猫は姿を消した。ところがそれから一カ月以上も経って、祈禱が満願に近づいたある日のこと、その猫がひょっこり帰ってきたと思うと、いきなり血を吐いて死んでしまったというのである。

何だか怪談めいた話ではあるが、その猫が夫の身代わりになってくれたように思えて、それに漱石と猫との浅からぬ因縁を考えてみると、鏡子はひたすら黒猫と天狗に感謝するほかはなくなった。ひょっとして書簡の往復で事態を熟知していた天狗の作り話ではなかったろうかなどと、露疑わぬところが鏡子の鏡子たる所以《ゆえん》である。が、この場合、天狗の祈禱のお蔭で漱石が一命をとりとめたと鏡子が信じてしまったのは、私にも至極当然のことのように思われる。恐らくその話を聞かされた漱石も、福猫のときと同様に、心のなかでひそかに深謝したのではあるまいか。それが証拠に漱石は、鏡子の言いつけに逆らうことなく、天狗の選び出した吉日の二月二十六日にその胃腸病院から退院して自宅に戻っているのであるから……。

鏡子の話によると、もともとはそれほど占い好きの方ではなかったそうな。が、漱石の神経衰弱（一種の鬱病）の発作があまりに凄まじかったのに、漱石本人にはその自覚がまったくない。診断を仰ぐべくその人を無理やりに医師のもとに行かせるわけにもいかず、ほとほと困り抜いていきおい神仏にお縋《すが》りするしかなく、以来、物事全般を運命的に観ずるようになってしまったのだ、と鏡子自らは言っている。

漱石の神経症が極度にひどかった折りに、鏡子がある易者に診てもらったところ、

「この人は先祖の毒を背負っているから毒掃丸《どくそうがん》を飲ませなさい」

と言われた。そこで金槌《かなづち》で粉々に砕いた毒掃丸を胃薬に混ぜてオブラートに包んで、時間が来ると家族の誰かが水と一緒に書斎へ運ぶのだが、母の筆子（漱石の長女）は自分の番のときには漱石にバレはしないかとビクビクしながら運んだと言っていた。

また、あるとき鏡子は早稲田にある穴八幡宮から虫封じのお札を貰い受けてきた。これは本来は夜泣きをしたりひきつけを起こしたりする癇《かん》の強い赤ん坊に効くとされているお札である。それを鏡子は漱石に用いようというのである。これも易者のご託宣《たくせん》に従ってのことであったろう。漱石が外出するのを見すまして、それッとばかりに玄関の扉の真上の壁に貰ってきたお札を当て、その上からトントンと五寸釘を打ちつける。毎日少しずつトントンとやって五寸釘が全部打ち込まれれば癇の虫が封じられるというのである。大方ト

ントンという音でも聞きつけ妙に思ったのか、どうも家人の近頃の様子がおかしいと感づいてか、ある日、鏡子と筆子とがトントンを開始した途端、たったいま送り出したばかりの漱石が血相を変えて舞い戻ってきた。

「なんだッ、これは」

と凄まじい剣幕でそのお札を毟《むし》りとり、ビリビリと破いてさらに足蹴《あしげ》にして、ゴミ箱に捨ててしまった。漱石にこっぴどくどやされて震え上がったけれども、それよりも鏡子と筆子は神様から戴いてきたお札をそんなに粗末に扱っては罰が当たるのではないかと、それがむしろ気になって冷や冷やしたというのである。

幼い私が訪れるようになった頃には、祖母は池上の高台に新居を建てて住んでいた。坂の頂きに北に向けて冠木門《かぶきもん》があり、その左手に即ち東北の角に大きなお稲荷さんが家屋に向けて建てられていた。多分鏡子がまた、どこかの占い師のお告げに従って建てたものであろう。退院の日取りに関しては天狗の言いつけに背かなかった漱石も、屋敷内にお稲荷さんを建てるとは、と泉下《せんか》で仰天したことだろう。漱石が生きていたら、このお稲荷さんは絶対に存在していなかったに違いない。

幼い私には屋敷内に赤い鳥居のある神社が祀ってあるなんて、とてつもなく偉大なことのように思えて、

「おばあちゃまのお家のお庭にはお宮があるのよ」

と幼稚園の友達だったかに誇らしげに吹聴《ふいちょう》した記憶がある。私にとっては、祖母の家を訪ねると、そこはイの一番に行かずにはいられない場所となった。大人達の会話に飽きし飽きして茶の間を抜け出し庭に出て赤い鳥居をくぐる。両側に座っている赤い口をした白いお狐さんを見上げてから、少し怖いような厳《おごそ》かな心持ちで、夏でもひんやりとした薄暗い社殿《しゃでん》の中にそっと足を踏み入れる。不気味だが魅惑的なひとときであった。

お稲荷さんだけではなく、鏡子の家そのものが私には格好の遊び場であった。傾斜地を利用して建てられた家は、二階建てなのだが、五、六段の短い階段があちこちについていて、四階建てのようになっている。部屋数だけでも十五くらいあったし、土地は一千坪は優にあったそうだし、その頃には三、四匹の猫があちこちにたむろしていたから、家の中も外も子供らが探検するにはもってこいであった。これで同じ年頃の従姉妹《いとこ》でもいて一緒に遊べたら申し分なかったが、いかんせん大人ばかりで、その大人達に相手にして貰えなくなると時間の費しように困り果てたのであるが……。

祖母以外の大人たちのこの稲荷に対する反応は、

「おばあちゃまも好きねえ」

と母や叔母が話していたのを聞いたことがあるが、むしろ冷ややかと言おうか、何もそこまでしなくても、という感じであった。どうも母はそんなにまでする祖母をお弟子や漱石好きの人々に対して、恥しいと感じていたようである。「一緒に行って」とせがんでも、「一人でいらっしゃい」と母の返事は素気《そっけ》なかったし、母が赤い鳥居をくぐったり、社殿に手を合わせたりするのを、私は見たことがない。

後年大人になってから鏡子の家を訪れたとき、鏡子の家を切り盛りしていた栄子叔母（三女、生涯独身を通し、祖母が亡くなるまで一緒に暮らした）が、

「お稲荷さんは閉じたのよ。卵屋さんに『お狐さんは悪戯をするから止めなさい』と言われたの」

と言ったことがある。叔母によれば、外側から扉に木を打ちつけて開かないようにしたという。それまでは年取った祖母の代わりに、叔母が月に二回ちゃんと油揚げを供えて定期的にお祀りをするのを怠ったことがなかったと言っていた。

卵屋さんとは字義どおり卵を売りにくるおばあさんなのだが、八卦《はっけ》をみるので卵を買うたびに運勢を見てもらったり、相談事をしていたらしい。この頃はもっぱら卵屋さん専門だったようだ。冠木門が壊れて新しい門に建て直したときも、

「卵屋さんに聞いて壊すときも建てるときも良い日にやったから大丈夫よ」

と叔母は言っていた。

少し遡《さかのぼ》って私が小学生の頃には、肩凝り性の鏡子の治療に来る温灸《おんきゅう》のおじさんと呼ばれていた温灸師が一時その役を担っていた。家族全員が順繰りにおじさんの熱い手を体中に当てて貰って治療をし、終わると白いあごひげを蓄えたおじさんは、あそこの家相がいいのわるいのと相談に乗りつつ、家族と打ちとけ合って食事を共にしていた。

後のこと、鎌倉の知人の法事に出席した際に、列席していた黒い法衣《ほうえ》を着た山伏のような怪しげなる坊さんに、私は引き合わされたことがある。すると私が生まれて初めて会ったその坊さんが、

「栄子さんも愛子《あいこ》さん（四女）も亡くなりなさったね」

などとひどく親しげに叔母達の名を口にし、

「昔はよくあんたのおばあちゃまに呼ばれて池上に行ったもんさ」

と言って私を驚かせた。その坊さんの雰囲気から、多分易を立てて貰ったり、祈禱をして貰っていた人なのだろうなと察したけれど、鏡子の家にはこんな人たちが入れ替わり立ち替わり出入りしていたようなのである。

勿論、外出が困難でない頃には鏡子自らあの人の易は当たると聞くと、その占い師まで億劫がらずに出掛けて行った。母などもお供であちこちのお寺や神社にお参りに行っていたという。

「おばあちゃまったら、鎌倉の銭洗弁天《ぜにあらいべんてん》に行っては、玉のお金やらお札やらをザルに入れて、そりゃ熱心に池の中でざぶざぶ揺すって洗っていたわよ」

と母が言っていた。何でもそうするとお金が増えるという言い伝えがあるとか。

しかし、実際には夏目家の財産は減り続けていた。祖母の晩年に兄と一緒に訪れたりすると、男手があって丁度いい塩梅《あんばい》だとばかりに、鏡子は、

「ちょっと手伝っておくれ」

と兄に納戸や物置から大きな包みを取り出させて、はたきで埃を払わせていた。大方金を得たいがためにまた何かお宝を手離すのだろうなという察しは兄にも私にもすぐについた。

そんな風なときには、孫達はきまって祖母の部屋で祖母の隣に床を延べて寝ることを常とした。祖母は宵っぱりの朝寝坊で、若い頃にはそれが漱石の悩みの種でもあったようだ。漱石存命中は鏡子は毎夜ひとしきり小説に読み耽ってから寝るのを習慣としていた。テレビもラジオもない明治時代のことだから、大衆小説を読むことが大きな楽しみの一つでもあったのだろう。鏡子は新聞の連載小説をとにかく毎晩読みたいばかりに、当時の新聞をほぼ全紙購読していた。そして小説を読み読み枕元に菓子を置いて一人でむしゃむしゃと食べていたという。

私が時々泊りに行っていた頃（七十代後半から八十代）には、鏡子は短く太い丸太のような身体を布団にごろりと横たえるや、すぐ腹這いになってひとりトランプ、それも鏡子流のトランプ占いに興じるのであった。枕をどけて、その位置にカードをずらりと並べる。伏せて並べたカードが鏡子の思い通りに、すべて見事に開けば運勢がいいとか願い事が叶うといったものらしいのだが、開かないと何回でもカードを切り、配り直して、開くまで繰り返す。寝る前の小一時間は頭を鎌首《かまくび》のようにもたげたまま肥えた身体を肘で支えっ放しにしてトランプに夢中になっていた。若いときはこの姿勢で小説に読み耽っていたのであろうから鍛えてはいるのだろうが、それにしても首や腹や胸や肘がよく痛くも苦しくもならないものだと、私は感心して眺めていたものである。

隣から覗き込んでいると、随分とズルやインチキをやっている。でも開かないときは開かないのである。すると、

「ああどうしても開かないよ。道理で今日はよくなかったよ」

と深い溜息をついて心からの落胆を示してから、鏡子は漸く身体を横にするのであった。

代々跡を継いだ足の爪の黒い猫もお稲荷さんも八卦見も銭洗弁天もトランプ占いも、その時々に鏡子の心を満たしたのであろうが、夏目家には大きな御利益《ごりやく》はもたらさなかっ

た。漱石という金のなる木は既になくなって、当時は三十年で切れたから著作権もとうにない。要するに鏡子には収入源がなかったのである。そのことに早く気づいてザクザクとお金が入っていた頃から浪費を慎んで、しこたま貯め込んでおくとか、先々を考えて金の運用をしていれば、晩年金に窮することもなく、占いに精出す必要もなかったろうに、と思われる向きもあるかもしれない。

しかし、鏡子は計画性とは無縁な人であり、もともと貯蓄や金の運用などは大の苦手ときている。贅沢三昧に日々を暮らした。そして頼まれれば惜しげもなく、門下生たちに大金を貸してやる。また頼まれなくとも気前よくパーッと大盤振舞いすることが鏡子は大好きであった。そんな人のいい鏡子を利用して、食事を奢らせるなどは朝飯前、漱石が亡くなってからも宿屋代わりに長期に夏目の家に寝泊まりしたり、高級な呉服や洋服や靴を買わせたりした弟子もいる。彼らもどうせ先生（漱石）の稼いだ金なのだから、と鏡子に感謝する気持ちなどさらさらなかったのかもしれない。で、大半の人は返金することなく、その金で家を建てたりした。なかには「もうとっくに時効だよ」と平然と言ってのけた内田百閒のような弟子もいる。

けれども、生活が逆転して売り食いで凌いでいる鏡子に、昔の恩義を感じて訪ねてくる人はまずいなかった。鏡子はまたそんな人達の悪口を金輪際言わなかった。ただ一度だ

け、

「あたしゃ死んだら化けて出てやるつもりだよ」

と冗談とも本気ともつかぬ口ぶりで言ったことがあった。

野放図《のほうず》に浪費しまくる鏡子に、「あの悪妻め！」と反感を抱く弟子達がいたとしても無理からぬことであろう。だからと言ってしかし、彼等が鏡子から金をせしめても当然であるという理屈は通るまい。しかも返済しない人の大半が世間では〝偉い人〟として崇《あが》め奉《たてまつ》られているのである。気風《きっぷ》の良さのみならず、人間の良さ、大きさに於いてもこれらの人々よりも鏡子の方が数段上であるように私には思われる。

鏡子が偉い、と私が思うのは、漱石没後も生存中と同じように漱石の一族に生活費の一部や学費などを渡し続けていたことである。その他の親戚縁者や困っている人や一人暮しの年寄などの面倒も実によく鏡子はみた人である。しかし、長生きをしたがために自分より若い弟子たちや甥が先に逝って、化けて出ることさえ叶わなかったことは、鏡子にとってはまことに不運なことであった。

こうして気がついてみたら晩年はかなり貧乏になっていて、往年の暮らしを維持することなんか出来なくなっていた。それでも占いは止められない、というよりも、だからこそ占いが益々必要だったのかも……。少なくとも亡くなる少し前までトランプを並べることに最高の楽しみをもっていたように思われてならない。

因みに池上の敷地は鏡子が八十七歳で亡くなったときには二百五十坪にまで減っていた。

中根家の四姉妹

夏目漱石は熊本で結婚して所帯を持つとすぐに妻の鏡子に「俺はこれから毎日たくさんの本を読まねばならぬからお前のことなどかまっていられない」と申し渡した。それを聞いて鏡子は「よござんす。私の父も相当に本を読む方でしたから少々のことではびくともしやしません」と受けて立っている。頼もしいには違いないが、二十歳の新妻にしては随分とふてぶてしくも思えるではないか。鏡子は〝少々のことではびくともしない〟姿勢を貫き通した女性ではなかったか。

私の母筆子（漱石の長女）は、鏡子が度外れて豪胆であったからあの漱石と暮らしていけたのだ、と「おばあちゃまが普通の女の人だったら早々と逃げ出すか、気が変になるか、自らの命を絶っていたことでしょうよ」といつも鏡子を庇っていた。ある時突然異常な神経の持ち主に豹変《ひょうへん》して妻や幼児にまで容赦なく手をあげる人と生活を共にする恐怖と苦労は、体験した人でなければわからない。たびたび漱石の神経衰弱の爆発の対象になった筆子はそんな風にひたすら鏡子に同情を寄せるのである。だから鏡子のわがままに耐え兼ねて漱石が神経を病む、と決めつけて「あの奥さんではネ」と鏡子を〝悪妻〟呼ばわりする人々に筆子は心底腹を立てていた。しかし「あんまりお母様が可哀想《かわいそう》でお父様なんて死んでしまえ」と一度ならず思ったことのある筆子でさえ、大ざっぱでがむしゃらで尊大でという鏡子の欠点はよく承知していて、ごく希ではあるが、腹に据え兼ねることがあってもやむを得ないであろうと、漱石の肩を持つこともあった。

幼い私からみても、床柱を背にでんと食卓の前に座るでっぷりと肥えた鏡子はものに動じなさそうな貫禄《かんろく》と威厳を備えていた。無口で無愛想で何か言うと「ああ、そうかい」と大様に頷く。太っ腹で気ッ風がよくて周囲の人達にポンポンとものを買い与える。訪ねると必ず兄（十歳ぐらい）と五、六歳の私に「新児《しんじ》、末利子お風呂だよ」と声をかけ、「ハーイ」と従う二人を湯殿に連れて行く。そして風呂に入れてくれるのだが、筆子のように目や耳に石鹼湯を入れないようにと気遣うことなく、無造作にガシャガシャと洗うので目はしみるは耳は聞こえなくなるわで閉口して、「痛い！」と悲鳴をあげようものなら「何言ってるんだい。うるさいよ」とどやされてしまう。それでも「お腹が痛い」などと訴えると、心から心配気に「ここかい」とそれは優しい声で尋ねながら腹をさすってくれた。一体に病人や弱者には芯から優しく、困っている人がいると放っておけないような面倒見のよい心の温かい人であった。

しかしふかふかした部厚く引き擦るほど尾の長い銀狐を襟に巻き、ピカピカの指輪をはめて、そっくり返って高級車で外出する鏡子は尊大そのものに見えた。私が子供の頃に見た六十代（おそらく漱石が亡くなった後の四十代も五十代も）の鏡子は、『吾輩は猫である』に登場する金田夫人のイメージとどうしても重なってしまうのである。鏡子の晩年のことであるが「未亡人に是非お越しいただけないか」と映画の撮影所から問い合わせの電話がかかってきた。東宝が池部《いけべ》良《りょう》主演で『坊っちゃん』を撮った時のことである。電話に出た栄子叔母（三女・鏡子が亡くなるまで一緒に暮らした）がその旨を伝えると、「車をおよこし。そうすりゃ行ってやらないこともないよって言っておやり」と〝何様？〟と言いたくなるような返答をしたという。「いやあね、お祖母ちゃまったら」と栄子叔母は眉をしかめたが、こんな威張った鏡子のもの言いを数え上げたらきりがない。鏡子のこの気質は生来のものもあったであろう。が、多分に生家に於ける育ちによるものではないかと私は思っている。

鏡子の父中根《なかね》重一《しげかず》は、嘉永四年福山藩の侍の家に生まれた。藩の中でも秀才の誉れが高く、選抜されて東京医学校（現東大医学部）に進学した。といっても重一は医者になりたかったわけではない。経済学を修めるためにドイツ語を学ぶ必要があり、それには医者になるのが手っ取り早かったという次第である。鏡子の生まれた明治十年に、重一は新潟医学所（現新潟大学医学部）へ通訳官兼助教授として迎えられ、後に新潟病院副院長となる。この地で彼は『眼科提要《がんかていよう》』（長く東京帝大医学部の教科書となる）を刊行したり、『虎列刺《コレラ》病論』を翻訳して広く日本の医学会に貢献した。明治十四年に重一は帰京し、医学畑を離れ官吏となる。この頃『政治学』ほか幾多の翻訳をし字典も出した。語学力に優れた有能な官吏であったという。ほぼ同じ頃、獨協学園の前身の独逸学協会メンバーにも加わっている。鏡子が言うように重一の読書量は生はんかなものではなかったのであろう。その後、貴族院書記官長に任ぜられる。が、やがて内閣の変動などで辞職し、以後いくつかの要職に就いたものの、もう一つ恵まれぬまま五十六歳で他界した。中根家の墓地は文京区白山の浄土宗浄雲院心光寺にあり、墓石には「賢照院殿徳誉重一大居士、従四位勲三等中根重一　明治三十九年九月十六日卒」と、「嶺松院殿操誉貞豁大姉」という妻豁子《かつこ》の戒名とが刻まれている。

鏡子が漱石と見合いをし結婚する頃（明治二十八、九年）は重一の絶頂期であった。重一は四女二男を儲けたが、少なくとも長女の鏡子以下上から四人ぐらいまではこの恩恵に充分に浴している。

次女の時子と三女の梅子《うめこ》は華族女学校（現学習院）に二頭立の馬車で通った。鏡子に至っては小学校を卒業すると旧制の女学校には通わせず、全課目の家庭教師をおのおのつけて自宅で学ばせた。いつか「小学校しか出てないんでしょ」と言う私に、鏡子への軽蔑の匂いを嗅ぎとったのか、筆子は「おばあちゃまは天皇陛下（昭和天皇）と同じお育ちなのよ」と、つまりそれほどに鏡子を重一は特別扱いして育てたのだと強調した。鹿鳴館《ろくめいかん》華やかなりし頃には鏡子を舞踏会に出席させたものだという。漱石は『道草』の中で鏡子の弟倫《ひとし》が自分の一高生の家庭教師を君づけで呼ぶと仰天しているが、鏡子も家に来る教師達に君臨して、厳しく教えられるどころかちやほやと持ち上げられていたのかもしれない。五年間とはいえ女学校という小宇宙の中で生じる様々な人間関係を通して、ここは身を引こうとか相手に譲ろうなどと、人は身の処し方を体得していくのであろうけれど、鏡子はそんなややこしい経験をせずに大人になった。漱石を悩ませた朝寝坊もこの頃に助長されたのであろうか。自分の好きなことをして夜更かしをし、朝は寝放題。特別な仕事をしているわけでもなければ病気でもない。単なる専業主婦で、しかも明治時代に、毎朝ではないにしろ幾度となく亭主よりも遅く起きて朝食を食べさせない女房はそうざらにいるものではない。

「お前の朝寝坊ときたら、まことに不経済だ。お妾や娼妓じゃあるまいしみっともないことこの上なしだ」

と小言を言う漱石に、悪びれもせず、

「一、二時間余計に寝かせて下さればそれで一日いい気持ちで何でもやります。だから無理をして早く起きていやな気分でいるより、よっぽど経済的じゃありませんか」

と鏡子は漱石ばりの屁理屈をこねて堂々と反論する。漱石もさぞ手を焼いたことであろう。

重一は常々「自分の娘達は帝大の銀時計（東京帝国大学を優等で卒業した人）にしかやらん」と言っていた。当時十九歳であった鏡子にはかなり多くの縁談があったが、もう一つ気に入った人に巡り逢えなかった。そんな折りも折り、漱石の写真を見ると、上品でゆったりしていていかにもおだやかなしっかりした顔立ちで、ことのほか頼もしく見え、鏡子はすっかり気に入った。重一もまた見合いの席で初めて見た漱石を「夏目君は将来きっと偉くなる」と大層な惚れ込みようだったという。筆子に言わせると、重一は人を見る目の確かな人で三人の娘達をそれぞれ一廉《ひとかど》の人物に嫁がせている。

次女の時子は鈴木禎次という名を成した建築家に、三女の梅子は日本でも有数の貿易商奥村商会の奥村鹿太郎《おくむらしかたろう》に嫁がせた。いずれも重一の眼鏡にかなったお婿さん達であるそうな。禎次も鹿太郎も漱石よりも遥かに収入が上であり、生活水準からして鈴木・奥村両家は夏目家とは段違いに高かった。だから漱石の名が小説家として少々売れても、時子も梅子もおよそ屁とも思わなかった。二人とも見識が高く怖いもの知らずで負けん気の強いところは、鏡子にひけを取らなかったようである。筆子も二人の叔母様には一目置いていた。

若い頃の漱石は建築家志望で、禎次は文学青年であり、ともに英国留学の経験もあったので話が合ったのか、結婚後義兄弟同士はよく行き来して親しくつき合った。禎次と彼の弟穆《しずか》（朝鮮総督府に勤務）の名は『満韓ところどころ』に散見する。時子は鏡子よりお洒落でおキャンで活発で、禎次からは「お時、お時」と大切にされていたが、禎次が娘やお手伝いさんを叱ると、虫の居所の加減で「そんなこと聞く必要ないわよ。早くこっちへいらっしゃい」と平気で遮るほどのなかなかに強い妻であったらしい。禎次は漱石の葬儀を取り仕切り、雑司ヶ谷の漱石の墓（立派な肘掛け椅子をイメージした）を設計した。

梅子と鹿太郎の媒酌人は漱石夫妻である。その頃漱石の名もかなり高まっていたので頼まれたのであろうか。梅子は洋楽、洋画、翻訳物、社交ダンスなどが好きなハイカラな女性で、自らも小説を書いたりした。世俗的な名誉に背を向けて文学博士号を辞退した漱石を「お兄様《あにいさま》、なぜお断りになったの？」と梅子はひどく残念がったという。

幼少時から亡くなるまで、鏡子、時子、梅子の三人は、人に頭を下げたり気兼ねしたりする必要のまったくない境遇にいた。

生活をともにせねばならぬ鏡子には、時には手こずったり辟易《へきえき》させられたりしたであろうが、漱石は「お時さんも梅さんもお大尽だよ」とボヤきながらも、男性に対してずけずけとものの言える彼女達を決して嫌いではなかったようである。むしろ「金ちゃん金ちゃん」と諂《へつら》う実の兄姉を漱石はひどく疎《うと》んじて、彼らが自宅に来ると渋い顔をした。

その昔まだ独身時代、漱石は矢来の中根邸（今の新潮社の場所）の前を散歩することが時々あって、門を出入りする令嬢達の華やいだ雰囲気に淡い憧れを抱いていたという。

中根家の娘達の中でも漱石がとりわけ可愛がったのは四女の豊子《とよこ》であった。恐らく散歩で見かけた折りも、鏡子との見合い後、虎ノ門の官邸に漱石が招かれて食事をしたりカルタ取りに興じた頃にも、小学校に通う愛らしい美少女であった豊子が、年頃に成長する過程で生家の没落に遭い、三人の姉達のような豪奢な暮らしを享受できなくなったのを、漱石は不憫《ふびん》に感じたのではないだろうか。どんなに不機嫌な時でも漱石は若い娘の豊子をにこにこして迎え、小遣いを与えたり、着物を買い与えたりした。鏡子は漱石が不機嫌になると、よく豊子に「遊びに来て」と頼んだという。私が会った晩年の豊子は、上の三姉妹同様、芯は強かったのだが、それを楚々としたしとやかさに包み込んで物静かに振舞う身のこなしの美しい老婦人であった。九日会の法事で、身内だけが集まった席で、仲六《しんろく》（漱石の次男）叔父が「おばさん綺麗だね」と褒めると、「あら伸六ちゃんに褒めていただけるなんてあたくし光栄だわ」と豊子がポッと頬を赤らめた。恥じらう乙女の仄かな色香が漂った。

漱石の小説に登場するヒロイン達は男性に隷属していない。それぞれ自我に目覚め自己を確立し、男尊女卑の明治にありながら、男性と対等に接する近代女性である。鏡子を始めとする中根家の四姉妹が、漱石の小説の中の女性造形に、描写に、どれほど大きな貢献を果たしたか、それは計り知れないものがある、と私は常々思っている。

余談だが、重一の妻豁子は、戒名にある通りひたすら重一を立て、従う貞淑そのものの妻であったらしい。幼稚園の頃だったと思うが、私は希に筆子に連れられて、お手伝いと二人住まいの豁子の家を訪れた。私の会った豁子は八十歳をとうに越えていたが微塵《みじん》も傲慢さを感じさせない、遠慮深くて大人しやかな年寄りであった。長時間正座を崩さず、私を見て「まあ、さようでございますか。ではこの方が松岡さんとあなたの一番末のお嬢様で」と筆子に問いかける豁子は、こちらが思わず居住まいを正すほどに孫や曾孫にまでバカ丁寧に接した。そんな豁子のあまりの行儀の良さと言葉遣いの良さに、これが鏡子の母なのか、とただただ驚いた記憶がある。

漱石夫人と猫

毎朝雨戸を繰るが早いか、ニャンと鳴いて家に飛び込んでくるノラ公をモデルにして、今から百年以上も前に書いた小説『吾輩は猫である』で夏目漱石は一躍文名を馳せた。祖母鏡子に言わせれば、そやつは端から図々しかったそうな。それで鏡子は初めの頃は追い出したり物差しでピシャリとひっぱたいたりと虐待を繰り返していた。が、ある日肩凝り性の鏡子の治療に来るあんま師が、そやつを膝に抱き上げ念入りに調べあげた揚句に、「奥様、この猫は爪の先まで黒うございますから福猫でございますよ。お飼いになるとお家が繁盛いたします」と宣うた。福猫と聞くや鏡子は掌を返したようにそやつに好待遇を与えた。たとえば小説にあるように鰹節をふりかけたご飯に昇格したようである。初代は明治四十一年九月に名もなきまま逝ったが、以後大正五年に漱石が亡くなるまで、代々四匹の猫が飼い継がれた。

漱石没後も鏡子は柳の下の泥鰌《どじょう》を狙って、ひたすら猫を飼い続けた。私が鏡子の家を訪れるようになった頃（昭和十年代中頃）には、常時四、五匹の猫が縁側や座敷にたむろしていたが、いずれも神秘性や高級感など皆無の薄汚く品のない日本猫であった。何せ初代が爪の先まで真黒であったがために福を招き寄せた、と鏡子は堅く信じていたから、これらのニャン公も爪は先まで黒かったのかもしれない。だが毛色は黒（一匹は必ずいた）のみならず茶虎あり三毛あり白黒ありと多様であった。その頃にはまだ独身であった叔母達・叔父達がいたのだが、邪険に扱わないまでも鏡子を始めとする夏目家の人々が猫を愛撫する様を見たことがない。皆およそ無関心で、名すら呼んだことがなかったから、あの複数のニャン公どもも名無しであったのかしら。

それでも白髪頭の鏡子があたっている行火《あんか》にかけられた彩りも華やかな縮緬《ちりめん》の布団の上に猫が丸まって寝ていたりすると、それは妙にしっくりと合っていて、子供心にもどこか懐かしい風景か絵画に出会ったような心地よい安らぎに包まれるのであった。

名をつけてもらえなかろうと、猫っ可愛がりされなかろうと何のその、初代同様図々しかったのか、夜寒の季節ともなればニャン公どもは遠慮会釈なく家族の誰かの膝の上に鎮座ましましていた。

朝寝坊のために鏡子は遅い朝食を摂るのだが、火鉢の脇に座ってパンとサラダと紅茶が運ばれてくるのを待つのが常であった（夏はどうだったかは覚えていない）。すると決まってノコノコとどこからか這い出してきて鏡子の膝の上にちゃっかりと陣取って待機する奴がいる。火鉢の五徳の上に置かれた餅あみの上で裏表こんがりと狐色に焼かれたパンに鏡子がバターを塗り始めると、そやつは身を起こし前脚を伸ばしてパンを取ろうとする。と、本当はバターの溶ける香りに誘われてパンを欲しいとせがむ猫の気持も察せずに、「今やるよ」と一喝して頭をパチンとぶっ叩いてから、鏡子はおもむろにバターのついていないパンの耳をちぎってそやつに与えるのである。少し不満げながら、そやつはパンの耳を貪り食べていた。昭和二十年代の後半から三十年代中頃にかけてであったと思うが、人間同様その頃の猫はさすが戦後の食糧難に耐えてきただけあって、現代の飽食の時代の猫のように餌の選り好みなどしなかったのである。

もう一匹印象に残るおかしな猫がいた。一時鏡子の家に住まわせてもらっていた私の長兄が、酔っ払って帰宅する折り、畑の中にあわれ気に鳴く小猫を見つけた。無視して通り過ぎようとしても足にまとわりついて離れない。無類の動物好きであった兄はたまりかねて、ついに抱き上げ、鏡子の許しも得ずにその子を家に持ち帰った。翌朝台所の籠の中のキャベツや胡瓜《きゅうり》が齧られている。次の夜もその次の夜も同じことが続いた。「あら、猫を飼っているのにどうして？」と皆はてっきり鼠の仕業だと思い込んでいたが、ある夜お手伝いさんがそっと台所を覗いてみると、何とまあ野菜をバリバリ齧っていた真犯人は、夏目家の猫どもに仲間入りしたこの新入りであったとか。長兄によれば、長らく畑の中で暮らしていたので野菜が大好物となった、ということである。

なぜ、代々一匹ずつ飼われていた猫がいつの間にか複数になってしまったのか。きっと何代目かを調達する際に、雌の子猫がもらわれてくるという手違いが生じたのであろう。その上に雌猫が子を生むたびに、まだ目も開かない子猫達を、鏡子は一匹ずつひっくり返して「これは牡だ」と即座に決めつけ、残しておくようにと命じるのだそうである。ところが牡猫のはずが年頃になると腹を膨らませ、鏡子の目が節穴であるのを嗤《わら》うかの如くにポコポコと子を生んでしまう。鏡子と最後まで暮らした栄子叔母は「お祖母ちゃまって全然わかってないのよ。だのにそのまま飼うように命令するから増えて困っちゃうわ」とぼやいていた。何もしない鏡子に代わって一切の世話をせねばならぬのは栄子であったのだから。

こうして数こそ増えたものの、鏡子が亡くなるまで柳の下の泥鰌はついに見つからなかったようである。それを思えば、初代は何という傑物であったことか、と改めて感心させられるのである。

祖母鏡子と私

昭和二十年代の後半であったと思う。祖母鏡子（漱石夫人）は七十八、九歳であったろうか。今の私の年齢と似たような年頃である。その頃鏡子は大森区（現・大田区）池上に住んでいたので、私達はその家を「池上《いけがみ》」と呼んでいた。鏡子は独身の三女栄子とお手伝いのミエ子ちゃんの三人で住んでいた。時々私の兄の中目黒（のちに鷺宮）の下宿先に鏡子から葉書が舞い込んだ。まだ電話が今程普及されていない時代で兄の下宿にもなかった。

文面は「三日間泊りにきて下さい」というものであった。栄子が葉山にある四女の愛子の家へ月に一度ぐらいの割で遊びに行くのである。愛子の家は葉山の小高い山の上にあって、真下に海の広がる眺望抜群の位置にあった。「愛ちゃんとこへ行くと縁側からかもめがすいすい飛んでいるのが見えたりして、気が休まるのよ」と栄子は顔を綻ばせていた。実母とは言え、毎日年寄りと変化に乏しい生活をせねばならぬのは退屈でもあるし気の滅入ることもあったであろうから、栄子には息抜きが必要であったろう。ミエ子ちゃんは働き者で素直な娘さんであったが無口であったし、若過ぎたから祖母の話相手にはなれない。お給料をもらうとすぐに当時流行っていた、映画俳優や女優達の写真の沢山載っている「平凡」とか「明星」という大判の雑誌を買ってきた。「ミエ子ちゃん、読み終わったら私にも貸しておくれ」と毎回借りて夢中で読んでいた鏡子を思い出す。かつては贅沢三昧をし浪費しまくり、当然欲しいと頼めばお手伝いにも買い与えていたと思うと、オカシクもあり、みじめにも思えた。漱石存命中には、昼は来客の応対や子供の世話に追われていたが、寝る前に寝床の中で購読している全紙の新聞小説や「キング」などの大衆娯楽雑誌の小説を片端から読むのが、テレビの無い時代の鏡子の楽しみの日課となっていた。余りにも些やかな楽しみではないか。だから兄や私が行って文字通り寝るまで一緒に話すのが嬉しくて楽しくてたまらなかったようなのである。私達はいつも泊まる時、茶の間の隣りの仏壇の置いてあった鏡子の部屋で鏡子の寝床の隣りにふとんを敷いて寝た。

「新児、〇〇と〇〇を納戸から出してほこりを拭っておいておくれ」などと鏡子はこの時とばかり力仕事を兄にさせた。多分また生活費とか小遣いを得るためにお宝を売るのだろうな、という察しは兄にも私にもついた。大人しくて従順な兄は鏡子の命ずるままによく手伝った。

毎年鏡子は葉山の日影茶屋に泊まりに出かけた。その時のお供も必ず兄であった。愛子叔母の家まではとても登れないので、愛子の子供の漱介《そうすけ》や一恵《かずえ》を兄が日影茶屋まで連れてきて、鏡子と遊ばせて一緒に昼食か夕食を摂ってから、兄はまた二人を山の上まで送って行くのであった。

その頃の兄は鏡子の特別のお気に入りであった。「新児、お前は昔なら近衛兵だねえ」と惚れ惚れと兄に見入るのであった。近衛兵というのは戦前天皇陛下のお側で天皇をお守りする特別な兵隊で、容姿端麗でなければ選ばれなかったそうである。近衛兵と言ったら美男子の代名詞のようなものであったという。兄は確かに細身の長身で顔立ちもそう悪くない方ではあったかもしれないが、戦争中の食糧難のせいか中学生時代、気味悪いほど顔にニキビが吹き出ていた。その痕がいつまでも残っていてきれいな顔とは、私にはとても思えなかったが。

大正五年に六人の子を遺して漱石は逝った。ひっきりなしに訪れる弔問客や記者団や弟子達には、取り乱すこともなく、涙を見せずと気丈にふるまって応対していたが、内心は最愛の大黒柱を失ったことで、悲嘆と途方に暮れて崩折れそうになっていたのではないだろうか。なかなか立ち直ることもままならぬ苦しい時期に、三年後の大正八年に初孫（私の一番上の姉明子）が誕生したのである。死の香の消えぬ薄暗い家に真新しい息吹きが吹き込んだのである。亡き夫の替りはつとまらないが、この新しい命はどんなにか鏡子に救いと慰めを与えたことであろう。

漱石が修善寺で大吐血をし九死に一生を得た時も、部屋づきの女中さんが夥《おびただ》しい血を見て腰を抜かして使いものにならなかったのに、鏡子はあわてずさわがず冷静そのもので、別室に待機していた医師団を番頭さんに呼びにやらせた。その後も毎日夏目関係の見舞客が来て、一時は広い菊屋《きくや》が夏目関係の客で埋まったこともあったという。その時も鏡子は病臥している漱石に対しては至れり尽くせりの看護をし、見舞客の一人一人にも優しく応対し、宿に命じて心からのもてなしをしたという。

「修善寺では夏目様の奥様の悪口を言う者はおりません。大事に至っても沈着冷静にお振舞いになられ、傍目にはまるで昔の武士の妻のような覚悟の決った、肝の座ったお方でございます。奥様は御自分が漱石先生の妻であるという確固たる誇りと御自覚がおありになったのだと思います」と、いつか修善寺の菊屋の大女将野田《のだ》みど里《り》さんが言われたことがある。

漱石が英国留学から帰国しての数年間、重度の神経症を患っていたことがある。その間、鏡子は漱石に理不尽な暴力をふるわれ、苦しんだ。その時も「この人は病気なのだから仕方がない」と殴られながら、声一つあげず歯を食いしばってじっと耐えていたのであろう。

世間では、悪妻として名高いが、私はこれほどのあっぱれな良妻はいないと思う。病弱な夫を支えて、あれほどの小説を書かせる妻はそういるものではない。

私達は池上に行くのが大好きだった。お客様用の大玄関と家族用の内玄関があったのに、皆勝手口から出入りするのを常としていた。私が「こんにちは」と声をかけると、夏など戸が開け放たれているから廊下を隔てた茶の間に座っている鏡子が嬉しげに「明子かい？」と訊く。私と長姉の声がそっくりなのであろう。「いいえ、末利子です」と応えると、「ナーンだ、お前かい」と鏡子は心底がっかりする。

でも私がその頃ボーイフレンドを連れて行ったら、普段台所に入ることなどない鏡子が、たすきがけで赤飯を炊いてくれた。その男の子を私の結婚相手と勘違いして心からの祝福を送ってくれたのであろう。ゴマ塩がふられていなかったのだが、薄紅色のおこわの美味しかったこと。ゴマ塩がかかっていなかったのは、単に物の無い時代だったからか、栄子叔母もミエ子ちゃんもいなかったので、どこにあるのか祖母がわからなかったのか……。その元彼とは結婚しなかったから鏡子には申し訳ないと思っている。そして鏡子の早合点の粋な計らいには今でも心から感謝している。

兄と私は栄子叔母の留守の時に呼ばれることが多かったので、兄と漱石に関する経験話を聞く機会にも恵まれた。鏡子は漱石を「お父様」と呼び、とても漱石を愛していて「私しゃお父様が一番良いねえ」と言ったり、「お父様はお洒落な方だったよ。いつも高い衿ハイカラーをお着けになってね」とか「お優しい方だったよ」などなどと。

長姉明子や次兄新児ほど愛されてはいなかったとは言え、鏡子と一緒に寝たり、話す機会に恵まれたのは、今考えてみれば、とても貴重な楽しい経験をさせてもらったのだと思う。

第三部

松岡譲・筆子　父母の春秋

松岡譲、夏目筆子（漱石長女）の結婚記念写真。
大正7（1918）年4月25日、日比谷大神宮にて撮影。
前列右より三人目から右へ、夏目鏡子（漱石妻）、夏目恒子（次女）、夏目栄子（三女）。後列右端、夏目愛子（四女）。
前列左端、夏目直矩（漱石兄）。後列左より二人目、小宮豊隆。（著者蔵）

父・松岡譲のこと

まだ母が存命中のことであった。見知らぬ御婦人から、父の『憂鬱な愛人』を読み直したいので、「国会図書館でコピーをしたい。ついては承諾書をもらえないか」という電話をもらった。上・下巻で優に一千二百ページを超える本をコピーする手間と金額は相当なものであろう。「再販なさるおつもりはないのでしょうか」と遠慮がちに聞く、かなり年配らしいそのご婦人を、心底気の毒に思った。

読みたいなと思っても父の本となると私でさえ手元にあるのは数少ない。もともと寡作である上に、戦災で消失したりしているから、たまに古書店で見かける父の本はどれもすこぶる高い。しかも運よく出あえるのは『法城を護る人々』（大正十二年）上・中・下か、『敦煌物語』（昭和十八年）に限られていて、短編集とか『憂鬱な愛人』などは皆無に等しい。

もうずいぶん前になるが、神田の古本市に『法城を護る人々』が上・中・下三巻そろって出されたことがあった。早速買いたいと申し出ると、「これは希望者が多いので入札にします」という返事をもらい、最終的に国文学者の吉田精一《よしだせいいち》先生の手に落ち、地団駄《じだんだ》を踏んだ記憶がある。その後『法城』は昭和五十六年に復刻されたが、その復刻版も今は絶版になってしまった。

いまでも極くまれに『法城』をバイブルとして崇め奉る人や、『敦煌物語』を不朽の名著として絶賛する人に出あうことがあるが、そんなにまでして『憂鬱な愛人』を読みたいと聞くのは初めてで、その御婦人が神にも仏にも思え、受話器に向かって私は幾度も深々と頭を下げた。本当は母にこそ、この感激を味わわせたかったのに、母は既に何年も寝たきりで、うれし涙で報告する私に何の反応も示さず、無表情のまま天井を向いていた。あれほど一途に愛し続けた父をかくもあっさりと忘れさせてしまう老いとは何と酷なものであろうか。

父が逝って、母と一緒に暮らすようになってから十五年以上もの間、来る日も来る日も「初めて見た時からパパが好きになってしまったの」「私の方がずっとずっとパパのことを愛していたのよ」「パパはきちんと座って障子や襖《ふすま》を開け閉《た》てしたでしょ。お祖父ちゃまのお弟子さんでそんなことをする人はいないから、何てお行儀のいい人だろうって好感を持ったわ」と、母の父に対する熱烈な想いを私は聞かされ続けた。

そして、ともに文学活動を開始した第三次、第四次「新思潮」同人、芥川龍之介・久米正雄・菊池寛《きくちかん》らが、各々文豪に、流行作家に、文壇の大御所にのし上がったのに比して、その中でも最も将来を嘱望されていた父だけが早々とその名を忘れられた。今読んでもちっとも古くない、人の心を打つ問題作、傑作を世に問うたにもかかわらず、文学史上ほとんど抹殺されたに等しい不当な扱いを受けているのは甚だ不本意である。が、この不運の大半は自分との結婚に起因し、殊に自分に一方的に熱を上げ失恋した久米正雄が父を悪者に仕立てて『破船《はせん》』を書き、世間をして誤解せしめたことにある。父ほど高潔な人はいないのに残念だ。何とかしてこの誤解を解きたいと繰り返し私に訴え、「あんなに運の悪い気の毒な人はいなかった」と嘆き悲しむのであった。

当時は母の涙に辟易し、母のすさまじいまでの執念に、父を想い出すことにさえも私は拒絶反応を催した。その贖罪《しょくざい》でもあるまいが、いつの間にか母の怨念が私にも乗り移ったとみえ、『憂鬱』は父の代表作とはされていないけれども、私にとっても一番読まれて欲しい本になっていた。

『憂鬱』は父が夏目漱石の長女筆子と結婚するまでのいきさつを詳細に記した長編で、いわゆる曰くつきの結婚をした後、自らに課した十年の沈黙を経て、父が発表した記念すべき小説といえる。

松岡譲（著者蔵）

漱石門下であった父と久米は漱石没後、夏目家と深いかかわりを持つようになった。父にとって筆子は高嶺の花以上の冒すべからざる神聖な領域に属する存在で、己の配偶者にしようなどとは露考えも及ばないことであった。一方、久米は筆子に恋心を抱き結婚を申し込む。奥手で女性に免疫のない父は、ゆくゆくは友と結ばれるかもしれない筆子に、装うこともなくむしろ無防備に接してきた。

ところが、あろうことか、その筆子の自分に対するひたむきな愛を知らされてしまうのである。父の驚愕はいかばかりであったか。筆子の気持ちを受け入れようと決意するまでの父の迷い、苦渋、懊悩《おうのう》は計り知れないものであった。しかし父は筆子の命がけの愛にこたえんがために、敢えて祝福されない結婚に踏み切った。親友を失い、仲間から孤立し、先輩を敵に回し、甘んじて世間の非難を浴びた。温々とした環境に浸ることを許さなかった。そして結果的に久米を不幸にしたことに対して、自身を奈落に突き落とすことで、自らに制裁を加えようとした。十年間は筆を断つことを誓い、燃え盛る創作意欲に自ら水をかけたのである。実際習作とはいえ、父は「第四次新思潮」には毎月欠かさず小説を発表していた。しかし、一たん消されたものに点火しようとしても燻《くすぶ》るだけで、元の勢いの炎に戻すことは至難のことだ。「『君、書きなさいよ。書かなくちゃ駄目だよ』と滝田樗陰（「中央公論」主幹）によく言われたもんだが、実際書かないと書けなくなるもんだね」

と、しみじみと一度だけだが父が言ったことがある。十年の沈黙は父を生涯を通じての寡作作家たらしめたのであった。

そんなに窮屈な生き方を選ばず、もっと上手に立ち廻れば払う犠牲も失うものも小さくて済んだであろうに、と私としては思いたくもなる。しかし、純粋にしか生きられない父だから、母はだれよりそんな父を愛したのだ。

『憂鬱』は当初、「婦人倶楽部《くらぶ》」（講談社）に連載された（昭和二年、新年号から四月号まで）のに、久米の『蛍草《ほたるぐさ》』や『破船』など一連の失恋ものに対抗して、華々しい宣伝を繰り広げる講談社の売らんかなの姿勢が気に食わないと、父が大喧嘩をして連載を中絶し、のちに「婦人公論」（中央公論社）に連載が再開された（昭和二年十月から三年十二月にかけて）。そして最終的に第一書房からまず上巻が発刊され、単行本としてようやく日の目を見た、小説としても曰くつきのものである。

新たに泥仕合を始めさせかねない挑発的な広告を打たれたら、十年沈黙していた意味がないと、静かな出版を望んだ父の気持ちは分からぬではないが、通俗に身を落としたくないとする、そしてこれは『憂鬱』の主人公、秋山（父自身）とも共通するところであるが、妙に高踏的な父が私には恨めしくもある。

私自身、子どものころから、「へーえ、あなたが筆子さんのお子さんなの。『破船』を読んだことあるわよ」と含みのある薄笑いを浮かべた好奇な目で見られたことは一度や二度ではなかった。大正文壇史がはるか遠くに過ぎ去った今、『破船』の何たるかを知らぬ人の方が多いと思うが、父と久米が漱石の長女を争い、弱気でお人好しの久米がコケティッシュな筆子にもてあそばれた結果、腹黒い父に奪われたという、久米に都合よく書かれた話が事実としてまかり通った時代もあった。

「事件以来十年経って、どうやら自他共に批評的に公平に見得る第三者の客観的心境に立つことが出来たという自信がついたので、しかも熱情を失わないまま、この小説を書き出したのだ」

と父は述べている。この事件を己のものとして充分に噛みしめ、消化し、発酵させてから書き進んだということであろう。

父は己をよく見せようと事実を歪曲したり、ストーリーを捏造したりするような人では断じてないし、この小説に限って言えば、父は限りなく事実に近づけて書こうと努めたに違いない。現に自分がこうと信じたら、頑強に貫き通そうとするときの、誤解を招きかねないどころか反感さえ買うであろう父の憎々しさ、太々しさは余すところなく曝《さら》されているし、軽薄だが可愛気のある久米のお人好しぶりも存分に披露されている。私は父の小説を読み終えて、少しも久米正雄という人物を嫌いにならなかった。

だから真相はこうだったのだと、鳴り物入りの宣伝をバックに、迎え撃つほどのえげつなさやあくの強さが父にあってもいいだろうにと、私は何度思ったかしれない。センセーショナルに売りまくることによって、『破船』を上廻る読者を獲得していれば、私だって不祥事を犯した男女から生まれた子のような目で見られずに済むし、前述の御婦人だって今も容易に古書店で『憂鬱』を見つけることが出来たであろうし、それより何より父自身の誤解を解く絶好のチャンスが到来したかもしれないのに……。しかし父の生き方がそうすることを許さなかったのだから、これもいたし方あるまい。

『敦煌物語』のようなアカデミックな小説を書く学識の博さ、深さから推して、父を学者と決めたがる人がいるが、私はそうは思わない。『憂鬱』を改めて読んで、父は正しく小説家であるとの感を強くした。鋭い批判力、深い洞察力、確かな観察力、的確で豊かな描写力、それとユーモアとで登場人物たちを見事に描き分けている。かつて実在した人物一人一人を、父の巧みな筆を通してうかがい知ることが出来るのも、この小説を読む醍醐味の一つと言えようか。

文壇という大船に乗って創作を続けていれば、安泰に一生を送れたであろう。二、三人しか乗組員のいない小舟でも、乗らないよりはましだった。父はしかし、母と結婚したことで、たった一人で大海を泳ぎ切っていかねばならなかった。

父は疲れた、と私は思う。五十歳以降、『白鸚鵡《しろおうむ》』で父としては珍しく「大衆文芸懇談会賞」を受賞したが、燻り続けていた意欲が再燃することは稀で、無気力としかいいようのないほど、めぼしい創作をしていない。したがって、吾が家の経済はたびたび逼迫した。母はめげずによく耐え、身を粉にして父に尽くした。娘時代は必死で創作に取り組む後姿を見せてくれることの少なかった父に対して私は反抗ばかり試みた。しかし数は少なくとも紙屑は書かず、格調と抒情と力強さとを合わせ持った質の高い作品を遺した父に今は心から感謝している。そして愛の強さと深さを身をもって示した母を、今はこの上なく誇りたいと思っている。

無念を晴らすことなく老いて逝った母の役目を引き継がねばという、いつの間にか私の中に芽生えた思いは、どっしりと根付き年々背丈を伸ばし膨らんでくる。しかし、それよりも先に、父の著書を、特に『憂鬱な愛人』を復刻させたいなどと願うのは夢のまた夢なのであろうか。『憂鬱な愛人』を精読したいという御婦人の思いもかけぬ出現は、私の心に灯を点したが、それだけで満足せねばならぬのは寂しい限りである。

【追記】

『憂鬱な愛人』は、令和二（二〇二〇）年、復刊ドットコムによって、上下巻で復刊された。

祖母夏目鏡子と父松岡譲

平成十二（二〇〇〇）年五月に『夏目家の糠《ぬか》みそ』（ＰＨＰ研究所）と題した初めてのエッセイ集を上梓《じようし》した。一カ月ほどしてＭ新聞のＯ記者からインタビューを依頼された。私のような名もない素人の婆さんは本を出して貰っただけでもありがたく、それ以上を望むべきではないと承知はしているものの、出た以上は一冊でも多く売れて欲しいと願うのが著者である。拙著を取り上げてもらう機会は多いほどありがたく、私は喜んでＯ記者に応じた。

しかし後日夕刊に載った記事を見ると、彼の質問に対する私の答え方がまずかったのか、「それは違う」と私が思う個所があった。コラムに、

「漱石の長女筆子は漱石の死後、周囲の反対を押しきり漱石の弟子で作家の松岡譲と結婚して、このため著者の父母と祖母の仲は良好とはいえなかった」

とある。

ところがである、拙著の中の「父・松岡譲のこと」という文章で私は母筆子をめぐる久米正雄と父のことにふれ、

「……あろうことか、その（久米にプロポーズされている）筆子の自分に対するひたむきな愛を知らされてしまうのである。父の驚愕はいかばかりであったか。筆子の気持ちを受け入れようと決意するまでの父の迷い、苦渋、懊悩は計り知れないものであった。しかし父は筆子の命がけの愛にこたえんがために、敢えて祝福されない結婚に踏み切った」

と書いている。私は〝祝福されない結婚〟とは書いたけれど、〝反対を押し切って結婚した〟とは書いていない。事実、父松岡譲と母夏目筆子は周囲の反対を押し切って結婚したわけではない。

久米が祖母鏡子に筆子を欲しいと申し出た時には古参の弟子達はこぞって猛反対した。芥川龍之介、久米正雄、松岡譲ら第四次新思潮同人が漱石門下であったのは、漱石の最晩年の僅か一年間に過ぎないが、末席を汚すどころか彼らは華々しくあり過ぎて、先輩達にはとかく面白くない存在であった。

そこへもってきて目立ちたがりやの久米が漱石の一周忌を待たずに長女に求婚したとあっては古参軍が許す筈がない。しかも血気盛んな若い父達は、古参軍に立ち向かうように、久米を蔭に日向に応援したという。

一方、三十九歳で夫漱石に先立たれた祖母は六人もの子を抱え、気丈に振舞っていたとはいえ、前途に予想される多難を思い一人途方に暮れていた。そこへ筆子に熱をあげた久米からの申し込みがあったのである。日頃先輩達から嬲者《なぶりもの》にされている久米を護ってやりたいという姉御肌の祖母の義《ぎ》俠心《きょうしん》も大いに働いたと思うが、「本人の気持ちを確かめた上で」という前置きをつけながらも、

「私には異存はありません」

と祖母はむしろいそいそとそれを受けている。久米や父ら若い独身の弟子達は、漱石亡きあと交代で夏目家に宿直をしていて鏡子とは気心が知れ合っていた。祖母の頭の中には、長女の婿には腹心の部下のような気のおけない、しかし頼れる男性を迎え同居をさせ家の中のことをまかせようという未来図が描かれていたのであろう。

鏡子はその時、

「お前は久米さんと結婚するんだよ、いいね」

と筆子に有無を言わせぬ勢いで申し渡したそうである。言下に「イヤ」と筆子が撥ねつければ何でもなかったものを、何しろ明治生まれの十八歳の令嬢のことである。母親のいいつけに背くなんてとんでもないと筆子は思い込んでいた。久米と結婚しなければいけないと自分に言い聞かせはしたが、一目見た時から好きになってしまった父松岡に対する愛

は日毎に深まるばかりで諦めようもない。肝腎の父は、筆子と顔を合わせれば、

「もっと久米に親切にしてお上げなさい」

と言うばかりで誰に相談出来るでなし、筆子は一人若い胸を悩ませていたという。

なかなか筆子から色よい返事が貰えぬ久米は焦れる余り、二人の恋が成就することをほのめかすような小説を発表したり、二人の恋が結ばれ婚約も間近、などというゴシップを自ら流して雑誌に載せさせるなどした。そんな下手な小細工をやらかすのが次々にバレるものだから、最初は味方だった筈の鏡子の心までがどんどん久米から離れていった。その分漱石から〝北国の哲学者〟といわれていた父への祖母の信頼は増す一方となった。が、父は寺の長男でゆくゆくは生家の跡を継ぐ身であると思っていた祖母は、娘婿の対象としては最初から父を除外していた。

しかし筆子のひたむきな愛を知らされ、その愛を受け入れようと決意した父が、越後まで両親を説得に行き、弟に僧籍を譲り、許可をもらって帰京した折には、祖母は嬉しさの余り、その夜に父と筆子を一つ部屋に寝かせてしまったほどである。反対するどころではない。祖母は有頂天で父を迎えたのである。

しかも久米の時には反対の大合唱を繰り拡げた先輩達も父の時には、特にうるさ型の最たる小宮豊隆さえ、身を堅くして報告がてら挨拶に訪れた父に、

「僕は君を嫌いでないからいい」

と拍子抜けするほど反対を唱えなかった。あるいはそうたびたび、それも反対のための反対を繰り拡げたとあっては、世間的にも格好がつかぬとでも思ったのであろう。内心は唖然とし、苦々しく感じたに違いないが、とにかく当の筆子が好きな相手なのだから仕方がないし、反対のしようがなかったのかもしれない。


こうして結婚した父は、お蔭で生活には困らなかったし、田舎育ちの父にしてみれば思いもよらぬ贅沢も味わったことだろう。しかし、払わされた代償は大きかった。相当の覚悟を持ってこの結婚に踏み切ったのであろうが、行く手に横たわる現実の厳しさは父の予想を遥かに超えたものではなかったか。


当時十歳であった長男純一が一人前になるまで夏目家を護り、女の祖母一人では手に余る諸々の雑務を父が代行するということに異存はないが、母と自分の喰い扶持ぐらいは稼ぎたいと新聞社に就職しようとした父に、

「あなたには家の仕事をして頂かなければ困ります」

と、祖母はそれを許さなかった。墓地の購入、建墓、土地の購入、住居新築、作品の芝居化、映画化、出版の交渉、写真帳などその他の作製、遺墨展の開催などを祖母の思い通りに父が運んでいくのはよかった。しかし働き盛りの大の男が一日中家にいてしなければ

ならないほどの商売をやっていたわけではなし、祖母の命令で父がいやいややっていたことといったら、門下生に貸した金の取り立てやら、祖母が一度ならず気まぐれや人に騙されて出資して始めた会社の倒産の後始末やらと、およそ父には似つかわしくない〝仕事〟であった。父はこうして七年近く夏目家で暮らした。発表するしないは別として文学者たらんとしている父としては書きたい、書かねば、という気持ちにたびたび駆られたことであろう。が、

「お父様は四十歳から書いてあそこまでおなりになったのだから、あなたも下手な小説など今書いてはいけません」

と祖母は釘を刺した。父自身充分才能を備えた人だったと私は思うが、偉大なるお義父《とう》様《さま》をたびたび引き合いに出されては父もたまったものではなかったと思う。

おまけに母の妹弟達も成長するにつれ、居候《いそうろう》して只飯《ただめし》を食べているとあからさまに態度や言葉に出すようになり、父は勿論だが、母も間に入って居辛い思いを味わったらしい。祖母は太っ腹で優しい人なのだが、父や母の微妙な立場を思いやり、周囲を丸く収めようなどと細い気配りをする人ではなく、祖父亡き後は一種独裁者で人の諫言に耳を傾ける人でもなかった。

この間に父母は三人の子を儲けた。祖母は可愛がる対象にも恵まれ、父母と同居するこ

とによってほぼ思い通りの生活を得たのではないだろうか。結婚前に既に小説を書くことで、切りつめれば何とか食べていける程度になっていた父にとって、早稲田の夏目家でのこの居候生活は割りの合わない七年間であったと私には思えてならない。

こうした事情もあって、世間からは恋を勝ち得た上に、夏目家の婿に納まってのうのうと暮らしていると思われている分父は気の毒だったと私は O記者に述べたので、この辺から誤解が生じたのかもしれない。

大正十三年に京都に居を移し、父母は結婚七年目にして漸く夏目から独立し一家を成した。こんなに晴れ晴れと暮らしていいのだろうかと思えるほどの解放感と幸福感に浸ったと母は述べていた。だからといって二人は祖母と仲違いをしたのではない。『法城を護る人々』を父が執筆するための転居であった。

一家は昭和二年に京都を引き揚げ東京に戻ってきた。私は昭和十年生まれだが、子供の頃池上の祖母の家にはよく行った。母と二人の時にはいつも人力車で帰宅したが、祖母の家から田園調布の吾が家に帰るまでの間には、畑地や空地が広がっていて、人っ子一人いない竹藪の中の細い道を通る時に風の強い晩など両側の竹が人力車の透き通った（多分セルロイド製の）小さな窓にザワザワと音を立ててかすったりしてそれは無気味で怖かった。

正月には家族そろって夏目家を訪ねた。全集が売れに売れて祖母が浪費しまくった全盛時代の俤《おもかげ》は失せていたが、それでも祖母を始めとして一番年少の私までもを含めた女性全員が美しい晴れ着に着飾って一堂に会して屠蘇を祝う様はまだ充分に華やかで雅びであった。

「さあいいかい、いくよ」

などと声をかけて父が読み始め、母や叔母達や姉達や従姉達が黄色い声で色も鮮やかな袂《たもと》を翻しながらカルタ取りに興じる。祖母の用意した福引きの賞品が父の手から皆に手渡され、賑やかな会もお開きになるのだが、そんな光景を悠然と見ている祖母は親分の貫禄で、父は差配《さはい》の雰囲気であった。正月は上機嫌な笑い声に送られて、遊びの余韻に包まれたまま皆して円タクで帰宅したから恐くも寂しくもなかった。

伸六叔父に赤紙がきた時もそうだったが、重大時には祖母は決まって電話をかけてきて父を呼びつけている。父は祖母にとっていつまでも気の置けない、頼れる、腹心の部下だった。

昭和十九年に私達一家が父の故郷である越後の長岡に疎開してからは当然父母と祖母との往来は間遠《まどお》になった。でも、終戦後の数年間、私の姉達は祖母の家に住まわせて貰っていたし、大学時代私も時々祖母を泊まりがけで訪ねた。

そんな時、栄子叔母は、「おばあちゃまはネ、高輪《たかなわ》（純一夫妻）が一番大事で、新潟（父母）が一番可愛いの。『これ新潟のママ（戦前は調布のママと呼ばれていた）に送っておやり』なんてすぐ言うのよ」とちょっと腹立たしげに、でも仕方がないというようによく言っていた。

住む家屋敷は広いしお手伝いもいたのに、晩年の祖母の家は一時穴の開いた畳を替えることも控えねばならぬほどに凋落していた。吾が家もそれに輪をかけて貧乏していて、上京する旅費にも事欠く時があったから、祖母と父母とが顔を合わせる機会は益々減っていた。「早くおいでよ」と往年の祖母なら忽ち送金してきたであろうに。

祖母が八十七歳で亡くなる一年前に父が訪ねた折には、既にまだらボケの始まっていた祖母は父を認めて涙を流して懐かしがったという。

祖母の葬儀が済んだ後、父がきちんと正座に膝を折り、

「栄子さん、長いことお母様のお世話をして下さってありがとう。何もお手伝いできずに本当にごめんなさい」

と両手をついて、栄子叔母にお辞儀をした。父はその時長い歴史を振り返っていたのだろうか。父の脇にひっそりと座っていた母も遠い昔を振り返りながら、もう世間からすっかり忘れられてしまっていた父を、せめて晩年の祖母に経済的援助の出来る父でいて欲し

かったと、不甲斐なくも無念にも感じていたのではないか。祖母も生前、経済的苦境を嘗《な》めさせられている娘を見るのは忍び難かったであろうし、偉大なるお父様は無理としても、もう少し自分の見込んだ婿にバリバリと仕事をして欲しかったと、自分も知るかつての父の友人達の活躍を見るにつけ歯痒くも寂しくも思ったことであろう。

三人三様各々の思いや感情のずれや諸事情はあったにせよ、亡くなるまで祖母と父母の仲は良好であった。

漱石の書画

「夜静庭寒」

玄関にかかっている漱石の書である。額は大きくて立派だが、中身はレプリカ。仲六叔父（漱石の二男）が亡くなった時に香典返しで貰い受けたものである。だからその道に明るい人が見れば、本当の墨でしか出せない肌合とか味に欠けているというかもしれない。しかしガラスを通して見ると、和紙がきれいすぎるというきらいはあるものの、一応本物に見える。客人の中には、

「すごいですね。これ、いくらぐらいするものですかね？」

と〝漱石〟という左下の署名を見て、感嘆の声をあげてくれる人もいる。

安普請《やすぶしん》の玄関をいっぱしの趣味人の住む家のごとくに引き立ててくれているこの書を、私もレプリカだと意識して眺めることはほとんどない。

やや丸みを帯びた柔らかい書体で書かれた四文字はバランスよく配置されて紙中に納ま

っている。見ているうちに、単にうまいという域を越えた気品と温かさに私は包み込まれる。

時々拡げて見る画帳や画集の中の漱石の絵も私は好きである。印刷されたものだから本当の色は味わえないのかもしれないが、配色の巧みさ、色調の美しさには見るたびに驚嘆させられる。そしてやはりそこはかとなく漂う気品と温かさにしばし陶然となる。書画は漱石の趣味から発した単なる余技に過ぎないが、東洋史学の大家、内藤湖南《ないとうこなん》をして、「夏目は小説を作るようになってから、俳諧が下手になったと思ったが、南画がこんなに巧く描けるようになっちゃ、いちばんまずいのは小説ということになりゃしないかね」と言わしめたほどの腕前であり、その数は頗《すこぶ》る多い。

私の父、松岡譲の宰領で、大正九年に漱石遺墨展覧会が開催されたことがある。その折に父は漱石遺墨台帳を作製した。遺墨の種目、製作年代、所蔵家の住所、氏名などとともに記載された作品の数は、書の部が二百余点、画の部が約百点に及んだという。しかしこの中には色紙、短冊の類、書き損じ、展覧会に出品されなかったものは含まれていない。従って実際に世に出まわっている数はそれを遥かに上まわっている。

母筆子の話によると、晩年の漱石は午前中に連載新聞小説の一回分を書き終え、自ら散歩がてらそれを郵便ポストに入れに行き、午後は好きな書画を描くことに充てていたという。外出や病気などで描かない日もあったに違いないが、ほぼ毎日描き続け、滝田樗陰や岩波茂雄（岩波書店創業者）のように画仙紙や筆を持ち込んで、毛氈《もうせん》を敷き、墨をすり、準備万端整えて、「さあ、先生、どうぞ」と言う描かせ上手が来た日などは興に乗って何枚も書く。そういうことが重なれば、書き損じが生じようとも、作品の数が相当に増えていったのは当然であろう。

大正九年に父が遺墨展を開催したのは、まだあまり散らばらないうちにという配慮からと、弟子たちでさえ師の作品を一堂に集めて眺めたことはないから是非に、という要望と勧めに応えてのことであった。それと死後ちょいちょい夏目家に持ち込まれる俳句短冊などを見て、「あら、似てるわね」と祖母の鏡子が何の躊躇《ためら》いもなく、どう見ても怪しいと父が睨んでいる代物に箱書きなどをするのを見て、これはいけない、この機に本気で勉強しようと思い立ったからであるという。

父はこの時、準備期間から台帳の作製、展覧会の閉会に至るまでの約五カ月間を夥しい数の真漱石を見ることに没頭した。年代によって変化する筆法や署名の書き方など細部に至るまでを丹念に観察出来る、またとない機会を得たのである。おかげで父には漱石の書画の真贋を見抜く確かな眼力が備わった。当時は若いという理由で、正式の鑑定や箱書きはなるべく避け、自ら危険を避ける分別を父はしたという。

しかし父ほど信頼に足る漱石鑑定家はいないと広まるのは時間の問題で、いつの間にか父は所定の漱石鑑定人として美術年鑑に名を連ねるようになった。大正九年から亡くなるまでの約五十年間に父が見た真漱石の数は五百を超えていたのではあるまいか。同時にその間に父が鑑《み》せられた贋漱石は二千点近くに及んだという。

娘の頃、風呂敷に包んだ掛軸を抱えて訪ねてくる客をとりついだり、掛軸入りの細長い小包を郵便屋さんから受け取ったり、それらを床の間にかけてじっと見入る父の後ろから覗き見た経験は私にも数え切れぬほどある。

父は見て即座に判定のつきにくい、いわゆる〝一番始末の悪い〟代物は一週間か十日、時には一カ月近くかけっ放しにして飽かず眺めていた。稀には天眼鏡を使って、落款《らっかん》や字のかすれ具合などを見ていたこともあった。大抵の場合、そういうのは最終的には贋と断定されていたように記憶する。

「化け猫がいくら衣装を変えたとて化け切れるものではないから、じっと見ているうちに必ず化けの皮が剝がれていく」とか、「似せよう似せようとする卑しさが目立ってきて、作品が自ずと放つ香気が感じられなくなってくる」と父は言った。

その父が逝って、漱石の書画を鑑定出来る人はいなくなった。そのためか、孫であるからか、私は鑑定を依頼されることがある。そのたびに私はひたすらお断りするが、中には強引に拙宅に送りつけてくる人もいる。「鑑定は出来ないから」と送り返すと、「ありがとう」でも「済みません」でもなく、まったく音沙汰なしである。相手がそれをなりわいとしている美術商だと、手間賃と郵送代を返せと怒鳴りたくなるほど腹が立つ。

私の数等倍もそういう不愉快な思いを味わわされた父が、『真贋』という随筆の中でそのことを書いている。

「一枚の短冊でも半折《はんせつ》でも、私は所蔵家というものはそれぞれ皆天狗のものだから、鑑た場合、よい時には箱書なり極めなり、真蹟の証明だけ書けば事すみ、持主からも感謝されて世話なしだが、不合格の場合には、必ずそのいけない理由を一々挙げて、先方の納得の行くよう説明を書いて送る事にしている。厄介な事ではあるが、これを四十年来続けて来たのが、私には勉強になった。

しかしそれを受取って、よくわかりました、と感謝して来る人は少ないもので、中にはまるで私がケチをつけ、作品をカタナシにしたとでも思うものか、有難うのハガキ一本の挨拶もよこさない人が多いものだ。中には四百字詰め原稿紙で三枚も四枚も書く事がある。時には無駄だと思う事もあるが、結局、これが鑑るものの良心で、鑑せた人への最大の好意と信じ、これを書いて来たわけだ。煩わしいが今後も多分続けるであろう」

父の律儀で潔癖な性格を実によく物語る文章であるが、死ぬまで父はこの姿勢を崩さず心血を注ぎ、全霊を込めて鑑定に打ち込んだ唯一人の人であった。漱石を終生敬慕して止まなかったからこそ出来たのであろう。

　子供の頃から、人より少しばかり余計に見たからといって私は決して今後も漱石の書画の鑑定はしない。漱石の書画に折り目を正して向い合った父の真摯な姿勢を汚したくないからである。私は玄関に飾られたレプリカの額と印刷された画帳や画集を観るだけで十分満足している。

松岡譲『敦煌物語』

もう三十五年も前になろうか。私は上智大学国際部で中国史をアメリカ人のグローブ教授から学んでいた。金髪を後ろで一括りに束ね、化粧もせず、肥えた体を殆どいつも同じ服に包んでいる洒落気のない女性であった。教授は毛沢東《もうたくとう》の出現を、あの時代の中国にとっては必然の結果であると肯定する共産主義者である、と今のネット右翼のような超右翼のアメリカ人の学生に批判されていたが、私は学究肌で、何より歴史家には不可欠な公平さと客観性に貫かれている教授を尊敬していた。

講義が清朝に入る直前のある日、教授は教科書以外の必読書を記した紙を学生に配った。三、四冊の彼女の推薦書の中に『敦煌物語』が含まれていた。私は仰天した。こんなところで父松岡譲に会えるなんて、余りに思いがけなかったから。

教授が薦める理由は、清の時代に、敦煌莫高窟《ばっこうくつ》の小洞から夥しい数の古代の写経や仏画などが発見され、二十世紀初頭にスタイン、ペリオらが率いる列強のシルクロード探検隊が、盗賊並みの奪い合いを演じた。そのいきさつの詳細がこの本に述べられている。しかも史実のみ記されている歴史書あるいは学術書と違って小説として書かれているから非常に興味深く、文章も平易で読みやすい。だから是非読むようにと教授は言った。

私は教授が日本語を喋るのを聞いたことがなかったので、彼女の日本語の読解力にほとほと感心させられた。教授は続けて、膨大な関連資料を渉猟《しょうりょう》し、全てを完全に把握、咀《そ》嚼《しゃく》しなければ、こうも生き生きと歴史を物語として再現できまい、とも言った。

講義を終え教室を出ようとする教授を呼び止め、私は紙を拡げて指をさし「これ私の父です」と言うと、メガネの奥の碧眼《へきがん》を丸くして「まだ御健在ですか」と訊く。「いえ、亡くなりました」と答えると、「オー」とがっかりされ、「お会いして教えを乞いたかった」と言われた。

本書は翻訳こそされていないが、世界に通用する名著なのである、とうちから湧き上がる喜びと誇りを感じた。

父の『敦煌物語』に触発されて、戦後、小説『敦煌』を書いた作家の井上靖《いのうえやすし》氏は、後年招待されて敦煌を訪れた時、実物が父が描いたのとそっくりそのまま（その通り）であった、と父の想像力の確かさと豊かさに驚嘆している。

松岡譲文学賞のこと

初めて羽賀善蔵《はがぜんぞう》さん（長岡ペンクラブ会長・長岡ペンクラブ機関誌「ペナック」主宰）にお目にかかったのは、私が高校を卒業した頃であったろうか。今ホテルニューオータニの建っている長岡駅の東側にあった前のお宅にお邪魔した時である。後年は河井継之助《かわいつぎのすけ》邸の跡地に家を建てて住んでおられたが。生後七カ月になる太郎という名の牡の秋田犬をいただきに伺ったのである。太郎は親もお祖父さんもチャンピオンになった血統書つきの犬である。当時は繊維会社を経営していらしたが、羽賀家も長岡藩の家老職というお家柄だから、羽賀さんも血統書つきと言えるかもしれない。

羽賀さんとは御挨拶を交わした程度で、従って取り立てて強い印象は受けなかった。むしろ終始笑みを絶やさずに話し相手を務めて下さった奥様の美しさに私は見惚《みと》れていた。まだ三十代後半でいらしたと思うが、上品で細面のすらりとした、まるで鶴のような方とほとほと感じ入った記憶がある。

羽賀さんが、年一回の逢瀬を楽しむかなり年長の私のボーイフレンドに加わったのは、悠久山公園の父の碑の前で父松岡譲文学賞の授賞式が行われるようになってからである。正確にはそれに続いて長岡市内を一望できる近くの木陰に紅白の幕を張り巡らし、受賞者を囲んで行われる酒盛の席であるが。私はいつも受賞者とともに羽賀さんの隣に座らされていたから自然にお話しする機会が増えた。色が黒かったので父は自分を鴉《あ》に見立て、鴉山人《さんじん》という画号で書や絵を画いた。それで羽賀さんは父の命日を鴉山忌《あざんき》と名付けた。父は昭和四十四年七月二十二日に他界したので毎年その日に一番近い日曜日に鴉山忌が催されるようになった。

とにかく夏の真盛りである。もの凄く暑い。その炎暑の中で皆してぐいぐい飲むのだから会が終る頃には体が火照ってやり切れない。すっかり出来上って御機嫌そのものの羽賀さんは、いつも上半身裸になり「あっちゃいてー」と汗を拭き拭き、御自分と同年輩か少し先輩格の私のボーイフレンド達と連れ立って「羽賀悪蔵《あくぞう》」などと揶揄《からか》われながら山を下りるのであった。父に似て色黒の私を羨ましがらせるほどにつるつるとした真白な羽賀さんの餅肌は、今でも私の目に焼きついている。

松岡譲文学碑建立と文学賞創設のことに関しては、「ペナック」二十五号の鍛冶山《かじやま》秀郎氏による「想い出」に詳しいのと、母が存命中とあって私は何も関与しなかったので、あえてここでは触れない。できるだけ多くの方から頂戴しなければ意味が薄れるという、出版社第一書房創設者の長谷川巳之吉《はせがわみのきち》さんと詩人の堀口大学《ほりぐちだいがく》さんのお勧めとお励ましもあって、引込み思案の母が勇気を奮って当時一口千円だったか（はっきり憶えていない）の寄附金を電話や手紙で自分の知人にお願いしていたのをぼんやりと憶えている。

ただ文学賞については、創設して下さることを母は喜んではいなかった。最初羽賀さんから文学碑建立の際の残金を基にして何か記念となるべきものを遺したい、文学賞にしようか、それとも奨学金にしようかという御相談を母は受けた。文学碑を建てていただいただけで充分ですが、どちらか一つをと強いておっしゃっていただくのなら、私は奨学金にしていただきたい、と母は答えたというのである。「それなのになぜ文学賞になっちゃったのかしら」と後日文学賞創設の報せが届いた時、母は不満気に洩らしていた。

私も文学賞創設には賛成し兼ねた。父ほど寡作な作家は少ない。その上父は若い頃はともかく、中年以降特に長岡に移り住んでからはめぼしい作品を書かず、晩年は世間からまったく忘れ去られた存在になっていた。そんな父の名を冠《かぶ》せたとて何ほどの作品が集まろう、というのがまず私の抱いた懸念であった。第二に母体は「ペナック」でいいとして、地方自治体、新聞社、雑誌社などに共催を仰がねば資金的に立ちゆかなくなり、船出はしたものの二、三年後に暗礁に乗り上げるのがオチではないか、それくらいなら作らない方がいい、と私は思ったのである。

良い作品を書いていて、しかも読み巧者である名の通った作家を審査員として四、五人迎え、魅力的な賞金を用意し、その上に新聞雑誌などを使って大々的に募集しなければ、優れた作品は集まりにくい。これらはすべて半端でない資金を要する。そう、文学賞とは金喰い虫なのである。現にバブル時に創設されてすでに消滅したものや、今や風前の灯となっている文学賞はいくつかある。

銓衡委員の中には長岡縁《ゆかり》の売れっ子作家、星新一《ほししんいち》氏や阿刀田高《あとうだたかし》氏のお名前もあったけれど、賞金は十万円、大がかりの宣伝もされなかったから、お世辞にも松岡譲文学賞受賞作品のレベルが高かったとは私には思えない。残念ながらプロの作家に育った受賞者もいなかった。

しかし羽賀さんは松岡譲文学賞を一切の団体やマスコミと連係プレイすることなく、単独で二十年間も継続させた。規模の大小とかレベルの高低に関係なく、これは稀有な大仕事ではなかったか。地方文化の発展に貢献したいと願う羽賀さんの心意気と二十年間張り通した羽賀さんの意地は驚嘆と敬服と賞賛に価する。

元々が碑を建立した僅かな残金を基にして発足したのであるから、賞金十万円を捻出するためのこの間の羽賀さんの苦労は並ではなかった。時には有志の方の寄附を募り、時には御自分を始めとするプロアマを含めた画家書家の作品頒布会を催したりして資金調達に奔走された。

そういえばいつの頃からか鵜山忌の催しも羽賀会長以下長老会員の老齢化に伴い、悠久山から市内に移され、時期も真夏から凌ぎやすい九月の終りとか十月に変更された。商工会議所で授賞式が行われ、そのあと羽賀さん行きつけの飲み屋十字路の座敷で懇親会が開かれるようになった。

その時期と前後して私は寝たきりの母を介護せねばならぬ身となった。年に一度とはいえ、長岡に行くことが私には次第に負担となってきた。特に母が亡くなる三、四年前頃からは、母より先に私が逝くかもしれない、今私が倒れたらどうしよう、と真剣に悩むほどに私は心身ともに消耗していた。長岡には僅か二、三時間ほどしか滞在しなくとも往復の交通時間を加えると七、八時間も家を空けることになる。その間も母のことが頭の片隅にこびりついて離れず気が気ではない。精神的にも肉体的にも疲れ果ててようやく帰宅しても、留守番と交代した瞬間から夜もぐっすり眠ることのできない介護生活に私は引き戻されるのであった。長岡への小旅行は雪だるま式に私の疲労を蓄積していった。

だから当時は長岡へ行くことが辛くて辛くて……。長岡ペンクラブと松岡譲文学賞授賞式と羽賀さんを心から恨んだ。憔悴しきった体に鞭打って這いつくばるようにして私が長岡に行ったのは、地方文化の発展に貢献したいと意地を張り通した羽賀さんに、私も意地を張ることで応えたかったのだと思う。

羽賀さんは幸せな方であったと思う。ご自身のなさりたいことを思う存分なさることができたのも理解ある奥様と、継いだ家業に専念されて、むしろ文化活動などと無縁に生きてこられた御長男のお蔭であろう。特に最晩年は昔と少しも変わらぬ鶴のように美しい奥様の手厚い介護を受け、九十四歳という長寿を完《まっと》うされたのであるから。

今頃羽賀さんは、一足先に鬼籍に入られた私のボーイフレンド達、元教育長の小川清一郎さん、元北越銀行頭取の近藤敬四郎さん、元新潟日報長岡支局長の河内巽さんら羽賀さんのかつての〝悪友〟達から、「おお、悪蔵きたな」と白雲の上で迎え入れられていることでしょう。

母、筆子のこと

私の母筆子は明治時代の良家（御大家《ごたいけ》ではない）で躾《しつけ》られた令嬢と呼ぶに相応しい、ものの静かで奥床しくて控え目な女性《ひと》であった。行儀も言葉遣いもいたってよかった。私は子供の頃から母が横座りをしたり、座ったまま足を投げ出したりするのを見たことがなかった。況《ま》して畳の上に手枕《たまくら》などをしてごろんと横になる姿などを。いつもきちっと正座していたから、一昔前の女性の特徴といおうか勲章といおうか、母の両くるぶしの脇には終生とれない座りだこができていた。

言葉遣いの良さに関しては漱石の影響が多分にあったと思われる。漱石はぞんざいな言葉が大嫌いで、母達が姉妹間で「あんた」などと呼びあっていると、「あんたなどという日本語はない。あなたと言いなさい。あなたと」と厳しくたしなめたという。

毎晩、寝る前には、筆子と恒子（次女）の二人は、漱石の書斎の前に正座して襖を開け廊下に両手をついて、

「お父様、おやすみなさいませ」

と深々と頭を下げるのが慣《なら》わしとなっていた。ある晩、二人が頭を上げて襖を閉めようとすると、机に向き直り読書をしかけていた漱石が突然思いついたように上げた顔を再び二人に向けて、

「明日から『ごきげんよう』と言ってもよし」

と厳かに言い渡す。翌日の晩から二人はおやすみの御挨拶を「お父様、ごきげんよう」と変えるのであった。

漱石の神経症の最たる時に幼少時を過して、漱石から理不尽な暴力を受けたりしていた二人には、「お父様イコール恐怖」という図式が心の奥深く刷り込まれてしまっているから、お父様にはいかなる場合も絶対服従なのである。

漱石が修善寺で療養中に危篤状態に陥ったあとの、少し快方に向いつつあった時（明治四十三年八月）、小学生であった筆子を先頭に三人の娘が修善寺の菊屋に呼び寄せられた。彼女達は漱石の臥せっていた部屋には入れてもらえず、外側の廊下に並んで座って手をついて、筆子が代表して「お父様、お加減はいかがでいらっしゃいますか」と尋ねた。その話を聞かされた私は、まあ、なんと他人行儀な父娘だろうと驚かされ、私はそんなに窮屈に育てられなくてよかったと思った。

祖母鏡子も漱石には礼儀正しく接し、決して立ったまま喋りかけたりせず、正座してから漱石と口をきいた。漱石に叱られれば、「ハイ、ハイ」と畏《かしこ》まって頷いていたという。明治時代には確実に絶対的な夫権と父権が確立していたのであろう。

何ごとによらず、幼い時に叩き込まれたものは一生骨身に徹するようである。母筆子は七十歳の時に夫、作家松岡譲（私の父）を亡くし、私達に引き取られ同居するようになった。もはや新しい環境に容易に順応できなくなっていて、バカ丁寧な言葉遣いや礼儀正しさを崩さなかった。娘夫婦に気兼ねすることを美徳と考えていて、ひたすら忍耐している母が気の毒でならなかったが、頑なに己を通そうとする母を受け入れねばならぬ私達、とりわけ夫はかなり辛《しん》どい思いをしたことであろう。

母は八十三歳で脳血栓を患い、一時は回復に向ったが、徐々に心身が衰弱し、遂には寝たきりとなって、認知症も進んだ。その頃の私は御近所の方々に一方ならぬお世話になっていた。その日も二、三時間外出せねばならぬ急用が生じて、お隣りの高校生のお嬢さんに、「時々無事かどうか見に行ってやって下さいませんか」とお願いした。

帰宅してお礼の電話をかけると、「おばあちゃまってお行儀の良い方ですねー」と感嘆の声をあげている。お嬢さんがお饅頭を一個おみやげに持ってきて、「ハイ、おばあちゃま、おやつ」と言って手渡そうとすると、母が、

松岡筆子（著者蔵）

「いいえ、お母様のお許しがないといただけません」と固辞したという。筆子は呆《ほう》けてから、私が誰かを認識できなくなった。その直後は私を失意のどん底に落としたが、あらゆる世話をしている私を、とてつもなく偉い、頼り甲斐のある人と心底感謝しているらしく敬愛を込めて、私を「お母様」と呼ぶようになった。

呆けると本性が現れるとよく言われるが、母ってこんなにも邪気のない善良な人だったのかと驚嘆するほど、筆子は愛らしく呆けてくれた。徘徊するでなし、我がままを言うでなし、食事をまだ食べさせてもらっていないとか、私の財布を盗んだだろう、などと難癖をつけるでなし、食事を食べさせるといつも「お母様ありがとうございます」と丁寧に礼を言った。「お母様にはご迷惑ばかりおかけして、でもなかなか良い子になれなくて申し訳ございません」などと頻りに私に詫びたこともある。こうして九十一歳で亡くなる前日まで私に丁寧に礼と詫びを言っていた。

母は体も顔の肌も肌理《きめ》細かく抜けるように色白で美しかったから、少なくとも拭く時にそれほどの不快を感じさせることはなかった。私は随分と助けられていた。一般の認知症高齢者と比べれば、これほど介護の楽な人はいなかったであろう。それなのに、少し歩ける頃には入浴などの、完全に寝たきりになってからは、体の清拭とか、下の世話とか、私は疲れさせられることばかりに追いまくられていたので、つい邪険に扱ったり、声を荒らげたりしたことがあった。そのことを私は今でも悔いて激しく自分を責めたて、涙することがある。実際には母の言葉遣いの美しさと行儀の良さに私はどれほど救われていたことか。

それにつけても明治時代の躾をした漱石に大いに感謝せねばならないと思う。今から思うとそれらは本当にかけがえのない遺産、そう、宝物とも呼ぶべきものであったであろう。

因みに漱石は自分の娘がなまじ学者付いたり文学付いたりするのを嫌って、年頃になっても文学書や翻訳物を読むことを筆子に禁じた。

筆子は案外もっとも漱石好みの女性に成長したのかもしれない。

母のこと・祖母のこと

漱石の顔が千円札に登場した時、「お祖父さんがお札になるってどんなお気持？」とよく訊かれた。母筆子は、

「へーえ、お祖父ちゃまがお札にねぇ。お金に縁のあった人とは思えないけど」

という感想を述べたが、私にはこれといった感慨は湧かなかった。漱石にお祖父さんという特別な親しみを抱いたことがなかったからかもしれない。それは一つには四十九歳（満）で没したため、私が漱石に抱かれたりした記憶を持たないせいであろう。しかし一番の理由は母が折に触れて語ってくれた漱石の思い出が、余りにも惨憺《さんたん》たるものだったからであると思う。

筆子は明治三十二年五月末に漱石が熊本の五高教授であった時、第一子として生れ、漱石が大正五年に早稲田の家で亡くなる迄の約十七年間、彼の身近で暮した。

筆子が生れた時、漱石は数え年三十三歳、妻鏡子は二十三歳であった。その感想を漱石

は、「安々と海鼠《なまこ》の如き子を生めり」という俳句に託している。

結婚して三年目に、しかも以前に流産した経験もあり、漸く一子を得た漱石にとって、海鼠のようであれ何であれこの安々とという感慨はひとしお深かったものと思われる。漱石は前年の秋に、「病妻の閨《ねや》に灯ともし暮るる秋」という句を作っている。

鏡子は筆子を妊娠中、重いつわりに苦しんで、一時はその生命すらが危ぶまれたほどで、その若い病妻を気遣ってのほのぼのとしたこの句には、まだお互い傷つき傷つけ合わなかった新婚当時の漱石夫妻の姿が美しく表現されている……と私には思われる。

筆子の生れた翌年、漱石は文部省の命を受けてロンドンに留学した。二年余りの留学生活を終えて漱石が帰朝したのは明治三十六年一月二十日のこと。この時物心のついた筆子は初めて父に会うことになる。

この二年余りの空白が一家にとってはかなり重大なものであったことを、幼い筆子には解ろう筈もなく、恐らく漱石にも自覚されてはいなかったのではないだろうか。つまりある意味で漱石は出発前とは別人となって帰国したのである。ロンドンから文部省に「夏目発狂す」という電報が舞い込むほどの変化が生じたことを当時は誰も知らなかったという訳である。それだけに生活は殺伐としたものとなった。

筆子自身もよく殴られたが、おおかた髪でも摑まれて引き擦り廻されたのか、髪をふり乱して目を真赤に泣き腫らして書斎から走り出てくる鏡子を、筆子はよく見かけたものだったという。世間では鏡子はソクラテスの妻と並び称されるほどの悪妻として通っているが、筆子に言わせれば、鏡子だからあの漱石とやっていけたのだと、むしろ褒めてあげたい位のことが沢山あったのだそうである。

「あんなに恐いなら、そしてあんなにお母様をひどい目に遭わせるなら、いっそお父様なんか死んでしまった方がよい」

と子供の頃の筆子は何度思ったかしれないと言う。

勿論鏡子が漱石と生活を共にした二十年間、一日も欠かさず漱石が狂気の沙汰を演じたわけではない。周期的に訪れた〝狂気の時〟の方が遥かに短いのである。しかも自分は小説家だから、常軌を逸しても許されるのだとか、ものを書けないイライラを家族にぶつけてもよいのだという傲慢さや身勝手さを、漱石という人は微塵も有してはいない。彼を恐ろしい人に変えたのは神経衰弱という病気であって、頭が妙な膜で覆われていない時の生《なま》の漱石は、稀にみる心の温かい物解りのよい優しい人だった、とも母はよく言っていた。

実際、小説を書くために呻吟《しんぎん》している漱石を筆子は一度も見たことがなかった。早稲田の家の、書斎の回りの廊下などで、どんなに子供達が騒いで走り廻っても、一向に平気で小説を書き続けていた。隠れんぼをして筆子の弟の友達が書斎に入り、胡座《あぐら》をかいて小説を書いている漱石の股の中にじっと隠れたこともあったが、そんなことを漱石は気にもとめなかったそうである。

晩年には、随分優しい父親だった時も多かったという。しかし幼い時からしばしば、漱石の神経衰弱の爆発の対象となった筆子とすぐ下の妹の恒子だけは、骨がらみ恐怖が身に沁《し》みてしまって、そんな時でも心から漱石になれ親しむことは出来なかったらしい。

「本当にその恐いったらなかったのよ」

と繰り返し私に語る筆子に飽き飽きしながらもいつしか〝恐い、なじめないお祖父ちゃま〟が住みついてしまい、私の心は鏡子や筆子に対する同情一色で塗りこめられてしまっていた。

夏目鏡子述・松岡譲筆録の『漱石の思ひ出』にはこの悪い時と良い時と両方の漱石、即ち一人の人間としての漱石が、家族との生活や出入りした人々との交遊を通して、実に活き活きと描かれている。

漱石の没後十二年目に『思ひ出』が発表された時、「鏡子は自分が良い子になりたいために漱石を狂人扱いして怪しからん。とんでもない悪妻だ」と多くの有識者や門下生から白い目を向けられたと聞いた。私などは非常に公平に飾り気なく書かれていると受けとめているので、昭和の初期の風潮とはそんなものだったのかと驚いている。

「病気の時は仕方がない。病気が起きない時のあの人ほど良い人はいないのだから」

と現実を受けとめそれに耐えた鏡子が、真実を述べたからといって、少しも漱石の大きさを減じたりしないということを誰よりも承知していたのは、鏡子自身であったかもしれない。

昭和三十八年に亡くなったから、生前の鏡子に当然のことながら私は何度か会って話を聞いている。鏡子ほど歯に衣着せず直截《ちょくせつ》に物を言う人を私は知らない。しかも、年寄りにありがちな繰り言としての愚痴や手柄話の類や、漱石に関しての悪口を、祖母の口から私は一度たりと聞いたことがない。

祖母はお世辞を言ったり、自分を良く見せるために言葉を弄したり蔭で人の悪口を言うこともなかった。あれほど悪妻呼ばわりされても、自己弁護をしたり折を見て反論を試みようなどとはしない女性であった。堂々と自分の人生を生きた人である。

いつか二人で交わした世間話が、漱石の門下生や、鏡子の弟や二人の息子や甥達に及んだ時、

「いろんな男の人を見てきたけど、あたしゃお父様が一番いいねぇ」

と遠くを見るように目を細めて、ふと漏らしたことがある。

また別の折には、もし船が沈没して漱石が英国から戻ってこなかったら、

「あたしも身投げでもして死んじまうつもりでいたんだよ」

と言ったこともある。何気ない口調だったが、これらの言葉は思い出すたびに私の胸を打つ。筆子が恐い恐いとしか思い出せなかった漱石を、鏡子は心の底から愛していたのであろう。

根底に鏡子の並み並みならぬ愛情と尊敬が流れているから、漱石の欠点が曝け出されていても、『思ひ出』が嫌味な読み物になっていないのではないかと思う。そして生涯を通して漱石を敬慕して止まなかった、漱石研究の第一人者であり、自らも作家であった私の父松岡譲が何年にもわたって鏡子から話を聞きとり、細心の注意を払って手際よくまとめ上げたからこそ、『思ひ出』はより一層読みごたえのある回想に仕上ったと言っても過言ではないであろう。

父の生前、私は漱石の思い出を筆子から聞き出してまとめてごらんと再三勧められた。とうとう書かなかったことを今はひどく悔いている。尤も筆子が語り手で、私が筆録者とあってはかなり怨みがましい『思い出』が出来上ったことと思うが……。

父からの便り

私の家に漱石から私の母筆子（漱石の長女）に宛てた二葉の葉書が残っている。一葉には、「大佛の御腹のなかは御父さまもまだはいったことがない。御前方はいい事をした。御父さまも海へはいりたい。東京の家は静だ。下飯坂さんの葉書は受け取ったろう。八月十日父より」と。もう一葉には「西洋の屋敷町はよくと丶のって綺麗に出来てゐます。心持がいいでしょう。御父さまは是から北の方の温泉へ行きます。又帰ってきます。御母さまは又ぢき鎌倉へいらっしゃるでしょう。八月十六日夏目金之助」と認《したた》められている。下飯坂さんは女学校時代の筆子の親友である。大方夏休みに入って留守宅に筆子宛に送られてきた葉書を漱石自らが貸別荘に送ってくれたのであろう。二葉とも早稲田南町の自宅から鎌倉材木座の貸別荘に送られている。

同じ時に自宅から材木座にいる次女恒子にも漱石は便りを出している。葉書も三通あった上に手紙まである。和紙に「恒子に、御前のところにお友達からのお手紙がきています。お返事を出しておあげなさい。父より」と柔らかな墨字で配置よく書かれている。またま茶の湯の先生をしているので、恒子の長女昉子は「私の宝物」と言ってそれを茶掛《ちゃがけ》に仕立て茶会の折りに床の間にかけて楽しんでいる。恒子宛の葉書の中には「御父様ももうぢき鎌倉に行きます」と書かれているものもあった。いずれの便りからも、几帳面で筆まめで子供思いであった漱石の一面を充分に窺い知ることができる。

しかし実際には筆子と恒子は漱石の思い出イコール恐怖というほど恐ろしい目に遭わされた子供である。つまり二人は周期的に漱石を襲う神経衰弱の最も大きな被害者であったのである。漱石の精神状態の一番不安定な時期に二人は幼少期を過ごした。それでも筆子は、本人に記憶がないのが残念だが、待ち望まれて誕生した初子であったから、生まれてから漱石が英国に発つまでは漱石の一心の寵愛を受けた。

気の毒なのは漱石の英国留学中に生まれた恒子である。鬱病が最高潮に達していた時期に初めて逢う赤ん坊を漱石はどうにも愛せなかったらしい。些細なことでムシャクシャする漱石にこづかれたりぶたれたりしたのは筆子とて同じことだったが、何かにつけて漱石は恒子を目の敵にし、ある時はごみを捨てるようにポイッと庭に赤ん坊を放り投げることもあったという。だから鏡子は目の色を変えて必死で恒子を守った。そんな鏡子を幼い筆子は「お母様ったら恒子さんばっかり可愛がって、私の本当のお母様なのかしら?」と疑ったこともあったという。自らも正気の沙汰とは思えぬ漱石の暴力に耐えねばならなかったが、赤児や幼児にもしものことがあったら、と体を張って擁護する鏡子の心労はいかばかりであったろう。「お祖母ちゃま（鏡子）はお祖父ちゃま（漱石）が生きてらした間は決して悪妻なんかではなかったわ。よく一緒に暮らせたって褒めてあげたいわよ」と筆子はいつも鏡子を庇っていた。

お蔭で筆子と恒子は骨がらみ父にたいする恐怖が身に沁みてしまった。後年漱石の精神状態が落ち着いてきて、妹弟達と四対一の相撲をとっている時も決してまざる気にはなれず、ただ遠巻きに上機嫌の漱石を二人は眺めていただけだったという。

漱石の気分の非常に穏やかな時期に育った三女の栄子は常に「お父様って本当にお優しかったのよ」とうっとりするような眼差しで漱石を回顧していた。鏡子に叱られて悄気《しょげ》ていると、「ハイ、栄子さん」と漱石はそっと小銭を手渡して栄子を慰めてくれたという。長女と次女は「筆」「恒」と呼びつけなのに、三女と四女はさん付けで呼ばれている。

しかし七人もいた漱石の子供達の中で、一番酷に扱われた恒子だけが漱石から毛筆の手紙を貰っている。母などは葉書だけであったのに。漱石の書画や書簡が市場で高値で売買されているからではなく、従姉の昉子や私にとってこれらの便りがとりわけ貴重に思えるのは、私達の母親も娘として父漱石に人並みに愛されていたのだという証《あかし》を得たような安堵感に包まれるからである。

しかもこれらの便りから察すると、一家で鎌倉に海水浴に出かけた時もあったようで、そのことも私の心をホッと和ませてくれる。

ところで肝腎の鎌倉での海水浴は、若い女の子が水着など着るなんてとんでもない、それに嫁入り前の娘が日焼けして色黒になったら大変、と漱石よりも鏡子から厳しく海に入ることを筆子と恒子は禁じられた。二人そろってゆかたの上にきちっと帯を締め、日傘をさしたまま熱い砂浜に突っ立って、汗だくになりながら、幼い妹弟達が海水浴を楽しんでいるのを眺めていただけであったという。「だから私は泳げないのよ」と恨めし気に筆子は当時をふり返っていた。

「料理の友」

「料理の友」という月刊誌をご存じの方はまずあるまい。かくいう私もたまたま母の筆子が料理好きであったお蔭でその存在を知り得たのである。子供の頃の吾が家の台所の棚にはその本がずらりと並べられていたし、茶の間の押入れを開けると、山積みに重ねられていた。

表紙は色つきの美人画で、ページを繰るといくつかの料理が紹介されている。食材や調味料の計量は匁《もんめ》や勺《しゃく》で書かれていた。吾が家の計量器《はかり》にも匁が刻まれていた。戦前の一時期、筆子は熱心に料理学校に通っていた。学校で学んだ料理を家で再現すべく、大日本料理研究會が出していたこの雑誌を毎月買っていたのである。

小学校に入ってからだが、「ませてるわね。ダメよ」と叱られながら、その本の後ろに毎月掲載されていた菊池寛などの連載小説を読むのが楽しかった。料理の豪華な写真がたくさん載せられている今の大判の料理雑誌と違って、紙質も良くない文字の多い月刊誌であるが、「ここに出ているお料理はどれも美味しいのよ」と言う筆子の言葉は確信に満ちていた。後年ラジオやテレビの料理番組の料理を作っている時には「あの先生のは美味しくないわね」と批判をすることもあったのに。料理学校に通う以前は、姉の幼稚園のお友達のお母様達と一緒に帝国ホテルのコック長さんを幼稚園や各自宅に順繰りに招んで、フランス料理を習っていた時期もあった。

私は戦前から、筆子の作る本格的なフランス料理や中華料理を食べていた。もっとも小学校に上がる前頃の私の舌はそれを美味しく味わえるほど成長していなかった。家族や客達が美味しそうに食べるのを傍目で見ながら、私だけは糠漬けの蕪《かぶ》の葉を細かく刻んでご飯にまぶして海苔巻きにしてもらって食べたりしていた。

吾が家は両親、姉二人、兄二人と私の七人家族。その上に田舎の従兄が下宿をしていたり、大学生の書生さんがいたり、時には姉兄達の友人が泊まりがけで来たり、客間で食べる父の客もいたりしたから、筆子が習った料理を大量に復元するのは大仕事であったと思う。夕飯の支度に時間のかかったこと。筆子を先頭にお手伝いさん達が右往左往している台所に入って行っては、何度、「まだ？」と催促したことだろう。遅い夕食を待つのは耐え切れぬ苦痛であった。しかし後年、もうほとんどの人が物故したが、かつての筆子の味を知る人々、たとえば叔父達が「お前のママは料理が好きだったネ」とか年長の知人が

「松岡家の晩餐は豪勢だったなあ」と懐かしがってくれると満更でもなかった。

筆子は料理学校で一通りのコースを習得し終えると、今度は料理上手なお手伝いさんをそこに通わせるようになった。彼女はメキメキと腕を上げたちまち先生の助手に抜擢される。私の幼稚園の弁当を三年間彼女が作ってくれた。とてもカラフルで美味しいので、蓋を開けると箸をつける前に園長先生を始めとする先生方が、「末利子ちゃん、見せて。一口お味見させていただいてもいい？」とかわるがわる覗きにきた。しかし戦時色が徐々に忍びよってきてこれからは料理に現《うつつ》を抜かしている時代ではなかろうと、筆子は彼女を同じ料理学校の栄養課の方に通わせることにした。すると、彼女の料理の味がガタッと落ちて家中の者をがっかりさせた。美味を追求する料理と健康を管理する料理との違いをまざまざと見せつけられるような思いを味わったのである。それから一、二年して彼女は二十数年間もいた吾が家を去り、ある病院の栄養士になった。

私の父は田舎育ちのわりには口が奢っていた。父の生家は寺であるから、通夜や法事の折りには参列者に斎《とき》を用意せねばならない。斎は父の母、即ち私の祖母の陣頭指揮のもとに賄われていた。筆子はよく「お祖母ちゃまの打って下さったおそばほど美味しいおそばを食べたことがないわ」と言っていたから、祖母は舌の確かな料理上手であったに違いない。そういう母親に育てられたから父は自然に舌が肥えたのだと思う。その父を喜ばせたい一心で母は美味しい料理を作る努力を惜しまなかったのである。母の腕が上達するたびに父は必ず褒めて友人知人を招いたから母の腕は磨きがかかる一方であった。

しかし筆子が料理に凝ったもっと根本的な原因はほかにある。料理に無関心であった祖母鏡子が、反面教師として大きな役割を果たしていたように思えてならない。漱石は明治時代にアイスクリームを自宅で作るぐらい、おいしいものが好きな人だったから、鏡子が無雑作に作るありきたりの料理に舌鼓を打っていたとは思えない。手の込んだ料理は表に食べにいくか、表から取るというのが鏡子流である。「今晩のすき焼きは美味しかった」と漱石が褒めようものなら毎晩でもすき焼きを出し続ける奥さんである。後に鏡子は「夏目は喰い意地が張っていて相当に美味しいもの好きでしたのに、私が無頓着の方でしたから気の毒なことをいたしました」と述べている。当の鏡子が〝気の毒〟と認める情景を見ながら育った筆子には、「私はああはなりたくない」という思いが知らぬ間に植えつけられていったようである。

さて私は、というと筆子ほど丹念ではないが、鏡子ほど大雑把《ざっぱ》でもないような気がする。それには理由がある。というほどのことではなく、単なる自分に都合のよい屁理屈にすぎないが、鏡子の手料理に満足していなかったと思われる漱石は、精力的に小説を書きまくり、わずか十年間で、百年経っても人々に読まれる長編小説を十作も遺した。それに引き換え私の父は、母が腕によりをかけて凝った料理を作って食べさせたのに、あまりにも寡作に過ぎた。小説家を志したからには、もっともっと書いて勝負しなければならないのに。私の夫も物書きだが、どっちみち漱石にはかなわない。さりとて父のように、ろくに書かずに終わってほしくない。それで私は、中途半端にならざるを得ないのである。

それはともかく、たまにタレントやアナウンサーの美味しそうな顔につられてテレビの料理番組のテキストを買い、料理することがあるが、ピンとこないことが間々《まま》ある。そんな時には決まって、母の美味しい料理の種本「料理の友」を懐かしく思い出すのである。

母からきいた夏目家のくらし

日本文学を専攻しているアメリカの青年が、

「明治時代の日本の小説、特に漱石の小説には矛盾があるね」

と言ったことがある。どの作品にも銭湯《パブリックバス》と下女《メイド》が登場する。しかしどうして銭湯を利用する登場人物達に下女が雇えるのか？　自分のようにドルの価値の下落する一方の国から来た貧乏留学生が、もっぱら外湯を余儀なくされるのはいたし方がないとしても、下女を使えるほどの主人公が銭湯に通わねばならぬのはおかしいじゃないか、というのが彼の突く作品上の〝矛盾〟であった。

なるほど、崖の下のちっぽけな借家に住み、どう見ても金回りのよくなさそうな『門』の主人公宗助《そうすけ》とお米《よね》は、いかにも銭湯に行くのが相応しい夫婦に見えるが、彼等の家にさえ下女はいた。

明治とは身分の違いも存在し、貧富の差の甚だしかった時代である。口減らしのために年端《としは》も行かぬ吾が子を奉公に出さねば暮しの成り立たぬ貧しい人々が大勢いたので、人件費は極端に安かった。従って、使用人を置くということは格別なことではなかった。安い食器や半襟《はんえり》を買う程度の、極く当り前の気持でお手伝いさんを雇っていたのではないだろうか。それに引きかえ電話や電灯と同じく自宅に風呂を取りつけるには、お手伝いさんに支払う給金の数等倍の金を必要としたのだろう。作品には人より物の高かった時代が反映されているのだと説明して、この若い外国の友人に漸く銭湯と下女が両立したことを納得して貰った。

こうして偉そうに説明したものの、大正五年に亡くなった漱石のことを私はまったく知らない。漱石家に関するすべての話は、母筆子（漱石の長女）を通して得たのであるが、その時ついでに、「母の子供の頃には、夏目家にはいつも三人はお手伝いさんがいたそうよ」とつけ加えた。すると彼は青い目をくりくり廻しながら、「うわおー」と驚いたなりしばし絶句した。母の話では時には（恐らく赤ん坊が生れる時でもあったろうか）その数は四人五人にまで及んだことがあったという。

だからといって祖母の鏡子には今の主婦達のように稽古三昧に明け暮れたり、遊び歩いたりと暇を持て余す余裕などなかった。

「おばあちゃま、大変だったのよ、いつも忙しくて」

と座る暇もなかった鏡子の当時の日常を筆子は折に触れて懐古していた。何しろ筆子を先頭に二歳おきに七人もの育ち盛りの子供がいる。その上ひっきりなしに来客があったから、三人のお手伝いさんを助っ人に鏡子がフル回転で家事に勤《いそ》しんでも、なお手は足りなかった。

次から次へと出る家族九人の汚れた衣類を盥《たらい》と洗濯板を使ってごしごしと洗っては干す。それだけでも相当な労働であったろう。それは常にはお手伝いさんの仕事であるが、何が気に喰わぬのか、時折漱石はお手伝いさん全員を追い出してしまうそうで、そういう時には鏡子自らがこの労働を引き受けざるを得なかった。今ならスーパーやデパートでぶら下りの子供服や下着を買ってくれば済むことだが、当時は九人分の長襦袢から着物から羽織に至るまで、それも七月は絽《ろ》、八月は紗《しゃ》、初夏と初秋は単衣《ひとえ》、春秋冬は袷《あわせ》、真冬は綿《わた》入《い》れなどと、特別なよそゆきは別として、ゆかたのみならず、普段着は殆ど家で洗い張りから仕立直しに至るまでやっていたというのである。鏡子に暇のあろう筈がなかった。仄暗い行灯のもとで毎晩遅くまでちくちくと針を運んでいた鏡子の姿が思い出される、と筆子はよく言っていた。

筆子自身も小学校の頃から、幼い妹や弟達の手を引いて銭湯に連れて行き、鏡子と共に着物を脱がせたり、着せたり、体を洗ってやったりしていた。

早稲田に移ってからは、夏目と染め抜かれたハッピを着た年輩の植木やさんが毎日のように来るようになって、草むしりをしたり、垣根の綻《ほころ》びを繕《つくろ》ったりと、木を刈り込む以外の雑用や力仕事をしていた。筆子の弟達は「おい、植木や、作ってくれー」とせがんで、背丈よりも高い竹馬を作って貰い、得意になって母達を見下ろしながら、近所の悪童共を集めては庭を歩き廻っていたという。

筆子達きょうだいは昼食時になると、裏庭の日溜りに座って弁当の蓋を開ける植木やさんを取り囲むように座り、

「安達が原の鬼婆が……」

と彼が話すお化けや妖怪の話に聞き入ったものだった。その際、「植木や、頂戴！」と差し出す子供達の掌に、彼は口のひん曲りそうになるほど塩辛い塩鮭をいかにも惜しそうにほんのちょっぴりずつ載せてくれた。「うわー！　しょっぱい」と口をすぼめ、肩を竦《すく》めてその鮭を口にするのが、子供達の少なからぬ楽しみであったらしい。

子供の分際で、植木や、と呼びつけにしたり、お菜を取り上げたりと、雇い主側の横柄ぶりが窺えるが、働いてくれる職人さんや家政婦さんにこちらが何かと気を遣わねばならない最近の風潮からみると、ちょっと考えられないことである。

仕事を終えた植木やさんが帰りがけに立ち寄った銭湯に、漱石がぶらりとやってくるな

どということは、早稲田時代にはもはやあり得なかったであろう。が、階級の差が厳然と存在した時代だからこそ、ぴんと口髭を張らせた厳かな顔つきの漱石と日焼けした皺だらけの植木やさんとが、一つ浴槽に肩を並べて浸りながら、一日の疲れを癒す光景を想像するのは楽しいではないか。

夏目家に家風呂がとりつけられたのはかなりあと、母が小学校も高学年になってからのことである。その日は家族中が興奮状態に陥った。いざ竈《かまど》に薪がくべられ焚かれ始めると、漱石までが何度も何度も書斎から出てきてはそわそわと湯殿に行き、浴槽に手を突っ込む始末。漸く沸いたとあって、お手伝いさんの一人が、

「旦那様、お風呂が沸きました」

と書斎にしらせに行くと、「うん、よしよし」と家中が期待して見守る中、漱石は悠々と湯殿に向った。ところが「お湯加減は？」と聞きに行く暇もあらばこそ、ものの一分も経たぬうちに、

「ひゃー！　冷たい！」

と血相を変えて漱石は座敷に駈け戻ってきた。誰もお湯を下からかきまわさねばならぬことを知らなかったのだ。一時は大あわてをしたが、「冷たい、冷たい」と素裸のまま震えながら飛び跳ねている漱石を見て、皆で大笑いをした。さすがの漱石も苦笑していたそ

うである。

お手伝いさんが三、四人にお抱えの植木やさんまでいたとあっては、やはり夏目家はかなりの暮しをしてたんじゃないの、と思われるかもしれない。が、食べること一つ例にとってもお大尽とは言い難《にく》い。

鏡子は余り料理好きの方ではなく、おまけに朝に滅法弱《めっぽう》かった。子供達の弁当には大てい前日のお菜の残りが詰められたが、自分の嫌いなものが入っている時には筆子はこっそりとそれらを取り出し、たくわんだけを詰めて学校に持って行ったという。シュークリームやバナナなどの到来物もあるにはあったが、そんな当時の超高級品は洋行帰りのハイカラなお父様が召し上るものと相場が決っていて、子供達の口に入ることは滅多になかった。子供達のおやつには各々の木の皿の上に焼き芋二本とかおせんべい三枚とかみかん二つとかが用意されていたという。電灯がつき、風呂桶が入り、電話が引かれるようになるにつれ、生活は当然膨らんでいったが、少なくとも漱石の生存中は食事など基本的な面で目立ってよくなるということはなかったようである。

母への想い三話

◆梅肉エキス

四、五十年も昔、私がまだ暮していた越後の長岡の街には、五と十のつく日だったかに市《いち》が立った。道の両側に手拭いを被ったもんぺ姿のおばさんや、むぎわら帽子（冬は毛糸の帽子だった）を被ってゴム長を履いたおじさん達がずらりと並んで、野菜、果実や切り花、植木や瀬戸物などを通常より安い価格で売っていた。市の立つ日は近隣の町村からも大勢の人が来て、市中は大層な賑わいを見せた。炎天下でも雨や雪の日でも開かれていたのに、傘をさして売っていた人は一人もいなかったし、品物も濡れていなかったから、屋根などが仮設されていたに違いないが、どんな屋根だったか、記憶が定かでないのが情けない。

毎年六月になると、母は朝この市に出かけて行き、真青でカリカリに堅い梅の実を一貫（約四キロ）買った。そしてそれを背負って行きと同じく五駅電車に乗り、降車駅から十五分ほど登って行く山の中腹の自宅まで持ち帰った。

放っておくとすぐに柔らかくなって色が変ってしまうので、せいぜい一両日中にそれを悉く瀬戸物のすりおろし器ですり下ろす。母は七十歳近くになってからも、時間をかけてすり下ろした梅を布巾に包んで、それこそあらん限りの力をふり絞って漉《こ》した。布巾の中に残った滓《かす》を捨てると、大きなホウロウの容器に七、八分目ほどのしぼり汁がたまる。

母に梅肉エキスの存在と作り方を教えてくれたのは私の中学の同級生のお母様であったが、その方から借りた「赤本」と言われていた『家庭に於ける実際的看護の秘訣』という本の中には、「このしぼり汁を天日で蒸発させよ」と書いてある。しかし真夏ならともかく六月の、しかも雪国の陽は弱く、到底汁を煮つめるには至らない。

そこで母は和室に切ってある炬燵《こたつ》にほんの僅かの炭を入れ、灰を被せ、ちょっとやそっとでは湯も沸かせぬほどの弱火の上に容器をかける。弱火を絶やすことなく、けれども強くし過ぎないようにと気を配りながら、三、四日待つ。と、表面がぶつぶつと泡立ってきて真青だった梅の液は艶やかでねっとりとした黒い固まりに煮つまる。四キロの梅がほんの一握りとなるが、不純物皆無の梅肉エキスの出来上がりである。

引きかえに、強烈な酸で母の手のあちこちに湯水に浸けても痛いほどの火ぶくれができる。それが治りきらぬうちに、母は次の市に出かけて行き、また四キロの梅を買い込み、同じ事をせっせと繰り返す。母は都合、年に十六キロから二十キロの梅で梅肉エキスを作った。友達の母上は食中毒などの予防や治療をするための常備薬として毎年極く少量を作ったが、僅か一キロの梅でもすってしぼり終えると疲労困憊《ひろうこんぱい》すると言っていた。

医者から貰う降圧剤を常服していたにもかかわらず、時には二百五十を越える父の血圧が、一日に耳かき二、三杯位の梅肉エキスを摂るようになってからは正常値に落ち着いた。幸い夫の血圧は正常だが、高くても私にはとても母の真似は出来ない。父ほどではないが、私も血圧は高い方である。しかし厄介なことに、これも体質的に高めの尿酸値を押し上げる恐れがあるという理由に加えて、二十四時間の血圧測定器をつけたら、夜中はむしろ血圧が低めになると判明した結果、医者は私には降圧剤をくれない。

止むを得ず私はグレープフルーツだの沖縄のコウジ黒酢だの市販の梅肉エキス（二百グラム入一瓶七千円）など、俗に血圧を下げると言われているものを摂るように心がけている。

それなりに効くようではあるが、母の作った梅肉エキスが父の高血圧に示したほどの顕著な効果は上がらない。愛には偉大な力があるのであろう。

疲れてくると床に座ったり、また立ち上がったりと幾度も姿勢を変え、家事に中断されながらではあったが、火にかけるまでの下ごしらえに、母はたっぷり二日近くを費やした。

青い実の生《な》る梅の季節は、驚嘆すべき根気のよさで一個一個の梅をすり下ろし、渾身の力を込めて大きな布巾の固まりをしぼる作業を繰り返していた母の像と火ぶくれだらけの母の両の手を、私に思い起こさせる。

◆新 緑

どっすーんというもの凄い地響きで目が覚めた。一瞬、ダンプカーが家に突込んだのかと思った。反射的に飛び起きて階下に行くと、痛い、と頭を抱えて廊下に母が倒れていた。触ると後頭部に大きな瘤《こぶ》が出来ている。夢中でタオルを湿らし、瘤に当て、

「痛かったでしょう。可哀想に。もう大丈夫よ。大丈夫だからね」

と母に声をかけながら、私は必死で自分の気持を落ち着かせようとした。頭の中がさあーっと白くなり、肩で息をするほど呼吸が苦しくなっていくのが自分でも解ったからだ。

「凄い音だったな。どうしたの？」

私の胸の動悸がいくらか治まって、騒ぎが一段落した頃、夫が降りて来て、母の部屋を覗いて尋ねた。ゴールデンウィークの休日で夫は家にいた。多少興奮気味に、母が左足が縺《もつ》れて倒れたと私が説明するのを聞いて、「医者に診せなくても大丈夫か？」と熱の無い声で夫が言った。夫の表情から、またか、もううんざりだと彼が不機嫌になっているのが解った。

無理もないことだった。私の父が亡くなって母を引き取ってから十年間に、母は六回も入退院を繰り返し、その都度私を占領した。只でさえ、広くもない家で、年老いて病気ばかりしている妻の母と同居せねばならぬのは夫にとってうっとうしいことこの上ないことだったに違いない。いつかおどけた調子で、夫が私を指さし、

「この人は私の奥さんなんですが……」

と言って、母を恐縮させたことがあった。

実の娘である私でさえ、うっとうしさ故に母を嫌悪し、邪険に扱う日が多かった。母の体力と諸機能は退院するたびに低下し、感覚も反応も鈍くなり、私には母が家の中をのろのろと這いずる暗い塊のように思える時さえあった。突っ慳貪《けんどん》な態度や仏頂面をし、時々ヒステリックに罵声を浴びせる私に抵抗したら、私と暮らせなくなることを母は誰よりも知っていて、ひたすら耐えながら、私にしがみついていた。

年をとるということは何と哀しいことなのか。私は母をたまらなく不憫に思い、滅びていく者に優しく接することが出来ない自分を情なく思った。お宅のお母様、お幸せね。旦那様が良い方だから、あなたもお母様とお住みになれてお幸せなのよ、と言われるたびに、人は幸せという言葉を簡単に使い過ぎるのではないかと思ったものだ。

私は母のことを気遣いながら、夫の顔色を窺わない訳にはいかないのであった。

翌日、母はもう立てなくなってしまった。頭の瘤は少し小さくなったが、翌々日も左足首から先はぐにゃっと死んだままだった。もう一回、もう一回と、立とうとする母も立たせようとする私も必死だったが、徒労に終った。

「駄目か、立てないか。やっぱり休みが明けたら病院だなあ」

と夫が観念したように言う。夫の言葉と、年寄りの足の怪我は命取りになると言った誰かの言葉が重なって、私の胸にずしんと重しが置かれる。どうやら入院は免れまいと私の不安は広がった。脚力を衰えさせまいと、それまで散歩に精出したことも結局は空しいことだったのか。

春一番が吹く頃になると、毎日のように、母は冬の間中止していた散歩を再開してほしいとせがんだ。その年もまたそうであった。冬の間、彼女は家に閉じ籠もり、終日テレビを観て過ごすしかなかった。しかし、両眼とも緑内障と白内障の手術を受け、分厚い眼鏡をかけても視力は〇・一以下、視野も極端に狭められ、耳も遠くなっていたから、テレビも彼女には雑音の出る動く画面に過ぎなかったであろう。だから毎日一、二時間同じ道を歩くだけの散歩だったが、彼女にとっては充分過ぎるほどの気晴しになっていたのである。

尤《もっと》も、いつの間にか葉ぼたんや福寿草と入れ替った公園の花壇に咲く三色のパンジーや色とりどりのチューリップの花々、はらはらと花びらを舞わせる川沿いの見事な桜並木、川の中の鯉や鴨の群れなどには、彼女は何の興味も示さない。彼女の関心は専《もっぱ》ら人間に向けられていた。満面に人懐《なつ》こい笑みを浮べ、公園のベンチに座っている人に擦り寄って、

「私、目がよく見えないんでございます」

と話しかけ、同情を引こうとする。おばあちゃん、おいくつ？　と話し相手になってくれる中年の御夫婦やお年寄りのいることもあって、その時、彼女は、「まあ、あなた、何と御親切な」と全身で喜びを表わした。それにつられてか、私もまた、花を愛でたり、季節の移り変りや周辺の変化に目を向けることを忘れるようになり、母の相手をしてくれる人だけを求めて、散歩に出かけるようになっているのであった。

母をのせ、扉を閉めると、寝台車はゆっくりと走り始めた。私は助手席に座り、車の窓から顔を出し、じゃあ、と夫に手を振った。夫は直立不動のまま、手を振り返すことも、微笑み返すこともせず、私達を見送った。あれで手を合わせたらまるで霊柩車のお見送りみたい、と頭の中を横切る思いを私はあわてて打ち消した。母が入院する時、夫が見送ってくれたのはこれが初めてであった。

夫の姿が段々に小さくなっていく。その時、道の両側の塀を越えて勢いよく張り出した枝々に、夜来の雨を含んだ若葉が、朝日にきらきらと輝きながら生い繁り、夫の頭上で静かに揺れた。それはゆらゆらとした緑のトンネルであった。よく見れば、重なり合った緑の中に無数の緑がある。常緑樹の黒ずんだ深い緑の葉先からほとばしり出る新芽の若草色、それよりも浅い黄緑色をした柳や柿の葉、もみじの新芽の葉先の赤味を帯びた緑色……。

車はしずかに、右へ折れた。夫の姿が視界から消えた時、私は舗道のコンクリートの僅かな割け目から顔を覗かせている雑草に目を奪われた。あたかも自らコンクリートを突き破ったかのごとくに伸びている、その鮮やかなほど青々とした緑に、私は強い生命力を感じ、心を打たれた。私は思わず、

「しっかりね！」

と母に呼びかけていた。

◆辛い夢

だだっ広い平屋だ。どの部屋にも赤茶けた畳が敷いてある。海の家のようでもあるが、見覚えがない。遠くに立ち姿の女が現れた。それが近付いてきて、目の前ですーっと大きくなる。モスグリーンに小さな鳥の縫取のある縮緬の羽織を着ている。見覚えがある。あ、母の羽織だ、と気付くと、女が母に変った。着物の方は抜けるように色白の面長な顔を更に引き立たせていたから、濃い目の色合いなのだろう。でも何色だかはっきり分らない。相変らず母は瞳が大きく、染みも皺もない、鼻筋の通った、美しい顔をしている。

　母は九十一歳で死ぬ迄、いや棺に納まってからも見事なほど美しく、焼香に来てくれた人々を驚かせた。私は寝たきりになった母に、「どうして家で寝ているあなたがそんなに綺麗で、外に出て人と逢わなければならない私がこんなに色黒で汚いの？」と愚痴ったものだった。

「今日泊ってく？」と問う私に、「泊ってもいいの？」と母は遠慮がちに聞く。また気兼ねなんかしてと、胸が張り裂けそうになるほど母を不憫に思ったのに、いい加減にしてくれ、と私は途端に不機嫌になった。私は一番汚い西日のカンカン当っている砂だらけの小っぽけな部屋を指差して、「ここに寝て」と不安そうで寂し気な顔の母に突っ慳貪に命じた。

何とも言えない懐かしさを覚えて、抱きしめたいのに、そんな気持とは裏腹にどんどん母を邪険につき放していく。もっと優しくしなければ母は帰ってしまうじゃないかと、焦れば焦るほど冷淡になっていく。そこにいるのに摑めない。もどかしい。ああ、どうしてなの。

「あ、ママ行かないで」

濡れた睫毛を伏せたまま去って行く母を行かせまいと、手を伸ばそうとして目が覚めた。枕が濡れていた。髪も濡れた頰の片側だけに張りついていた。もっと優しくしてやりたかったのに。そう思ったらまた涙が溢れた。

母は終戦の前年、昭和十九年に疎開し、昭和四十四年に父が他界するまで父の郷里である越後長岡の在で暮した。父が急逝したのは母が七十一歳の時だった。それ以後、母は私に引き取られた。悲しみから母は重いノイローゼを患った。老いがそれに追い討ちをかけて、新しい生活に入るべき順応性を失わせてしまった。健康を誇っていた母が、血液からも骨からも細胞の悉くから酸素を抜かれてしまったように弱くなり、入退院を繰り返す日々を送るようになった。三十代前半だった私には重過ぎる荷物となった。

しかし母ほど苦労の多い割に報われることの少なかった人はいないと思っていた私は、自分の手許で幾らかでも母を幸せにしようと懸命であった。その思いが甘いことが直ぐに分った。私の思い上りに過ぎないと気付かざるを得なかった。私の生活の八〇パーセントを母に注ぎ込んだのに、母の頭と心の中は一〇〇パーセント父で埋っていた。尽し甲斐があるという手応えがまったく感じられず、やること為すこと徒労に終ったかに思えた。私の心遣いの一つ一つを拒否するように母は只泣いていた。刃物を見える所から隠し、母を監視する生活が続いた。生を肯定出来ない人と暮すむずかしさを私は思い知らされた。

「懐かしいの？　雪が？　長岡が？」と驚いて尋ねる私に、濡れた瞳を向けてこっくりと母は頷いた。もう泣くことはないと思っていたのに、父の死後十年ほど経ったある冬の日、窓越しにじっと雪の降るのを見ていた母の目に見る見る涙が溜っていった。

東京育ちであった母にとって雪深い長岡での父との貧乏生活は辛かったであろう筈なのに。父との生活からしか得られなかった安らぎと温もりに、たまに降ってあっという間に消えてしまう東京の淡雪を重ね合わせ、まるで口の中で溶けてゆく飴玉を惜しむような気持で、浸っていたに違いない。

そんな母を私はたまらなく愛おしいと思った。一方でいつ迄も父から抜けられない母にうんざりして、激しく苛立ち、憎んだ。私は母に辛く当った。そして自己嫌悪に陥った。母は私に脅え、小さくなって暮した。それがまた私の神経を苛立たせた。

母は立ち直ることもなく、遂にはぼけて寝たきりになった。ぼけて初めて私の可愛い赤ちゃんになり、父をすっかり忘れた。私が誰かも解らなくなった。私を忘れたことも悲しかったが、父を忘れてしまったことが私には許せなかった。「あなたの一番大切な人じゃない」と私は父の写真を母に見せては泣いた。こんな形でしか母を私に賜わらなかったのかと神を怨んだ。

不思議なことに夢に現れるのはいつもぼける前の母である。お互い深く傷つき傷つけ合った、一番二人が辛かった頃の母である。どんなに尽した積りでも娘などというものは、母にとっての人生の相棒にはなれないものだと、私は漸く解る年齢に達している。

今度母が夢に現れたら、たとえ娘を傷つけても、父への愛を貫いたあなたを誇りに思う。そんなに愛し合った両親から生れた自分を私は心から幸せに思っている、と母に伝えることは出来ないものであろうか。そして、せめて夢の中で、ぼけない頃の母の明るい笑顔を見ることは出来ないものであろうか。

「あなた、どなた？」

いつの間に　ふくれけるかな　このかぼちゃ

年頃になってぶくぶくと肥える私の母・筆子（夏目漱石の長女）を見て祖父・漱石が詠んだ句である。その頃の母の写真を見るとスタイルといい顔といい不細工そのものである。そのことが多分に影響したと思われるが、幼い頃から私は母を美人だと思ったことがなかった。

私は母が三十七歳のときに生れた。小学校に上がる頃には母は四十歳を超えていた。母というより祖母に相応しい年齢である。授業参観のときなど、モダンな洋装で颯爽《さっそう》と現れる若いお母様方の中に、地味めの和服に身を包む母を見るのは恥ずかしく、友達に私の母であることを知られたくなかった。戦時中とそれに続く戦後にはモンペ姿で畑仕事に勤しんでいる日焼けした母をとてものこと、きれいとは思えなかった。

時代が落ち着いて、少しはましな装いをするようになった頃と思うが、「お宅のお母様、おきれいね」と人から褒められるようになる。母はもの静かで控えめであった分、パッと目立つ華がなかったが、なるほど化粧をしていないのに、抜けるように色白できめの細かい肌をしていた。その上に細面で瞳が大きく鼻筋が形良く通っていて、若い頃、一時太ったとはいえ、小柄ながら元来瘦せぎすであったから、すらりとして見えた。

見合いをした折、漱石は「歯並びが悪いのにそれを隠そうともしないところが気に入った」と祖母・鏡子を評したそうだが、母も鏡子に似たらしく、笑うとあたら美人が台無しであった。祖母も母も年輩になって義歯を入れるようになってからの方がずっと美しく見えるようになった。

しかし、私が母を心から美しいと感じるようになったのは、父の死後、私と暮していた母が、認知症を患って寝たきりになってからである。おしめ代など僅かばかりの助成金を申請すると、区の福祉課や保健所の係員が調査にくる。と、一目母を見て「まぁ、なんてきれいなお年寄り！」と目を丸くして感嘆の声をあげ、「余程お世話が行き届いているのですね」と私を褒めそやす。母の色白が私の株まで上げてくれるのである。過酷極まりない介護生活をここでくどくどと述べる気はないが、私は母がきれいに可愛らしく老いたので、どんなにか救われていた。

ある朝、突然母は私を不思議そうに見つめて「あなた、どなた？」と尋ねた。一瞬息が止まりそうになる。これほど私に衝撃を与えた言葉があったろうか。母の脳裡からすべての過去が忘却の彼方へと飛び去ってしまったのである。母と共有してきた思い出をいきなり奪い取られてしまった私は、哀しさの余り「あなたの娘でしょ」と答えながらとめどなく涙を流した。

母はそのときから私を「お母様」と呼び、より私に寄りかかるようになる。そして過去のみならず、不安や邪心や我執《がしゅう》からも完全に解放されたのか、母の美しさには、無心なあどけなさが加わった。

母は九年近い寝たきり生活を終え、九十一歳で他界した。母の顔には皺も染みもなく、軽く綻んだ口元と頬にうっすらと紅をさすと、さながら微笑する天使のようであった。今年（二〇一五）の七月に母の二十七回忌を迎えた。

動かない左足

その日も私は母の手を引いて家の周辺を歩いていた。母の視力はたび重なる手術で分厚い眼鏡をかけても〇・一以下になっていて、視野も極端に狭められている。体の諸機能も日ごとに衰え、よろよろとしか歩けなかったから、雨の日以外欠かしたことのない約一時間の散歩には私という同伴者が必要であった。

二人してのろのろと毎度お馴じみの道を歩いていると、母の左足が突然動かなくなる。あと百メートルも歩けばわが家に着けるというのに。

そういえば前にも一度同じようなアクシデントに見舞われたことがある。そのときには公園内だったので、ベンチに母を腰かけさせ、私が足をマッサージすると、どうやら歩けるようになり無事帰宅させることができた。

あのときみたいにとにかく少し休みましょう、と真後ろの門柱の脇の冷たい石段に母を腰かけさせる。他家の門口だが、やむをえない。私も傍らに屈み込み、利かなくなった母の足を厚い毛糸の靴下の上から必死でさすったり叩いたりする。

まだ冷たい木枯らしが吹き荒ぶには少し間があるが、十一月の半ばともなれば、日が落ちるのは早く、あたりが薄暗くなり始めると急速に気温が下がって冷えてくる。舗道の端に吹き寄せられていた枯れ葉が北風に煽られて再び舞い散る。寒さに震える母をもう一度立たせようとするが、左足は依然として動かない。小柄でも私が背負うには母は重過ぎる。舗道の上を家まで這わせるわけにはいくまい。タクシーの拾える大通りまでは歩いて十分もかかる。

途方に暮れていると、「どうしたんですか」と通りかかった青年が優しく声をかけ、母を背負ってわが家の玄関の中まで運び入れてくれる。

帰宅後、すぐに入浴させると、母の左足はその夜のうちに何事もなかったように治ってしまった。だから医者に診せなくてはなどとは露思わなかった。徐々に寒さが募ってくるころではあるし、と翌日から日課の散歩は春までお預けとなった。

それから半年後の五月のある朝、母はドッスーンという地響きのするほどの大きな音を立てて仰向けに倒れ、後頭部をしたたか打った。起き上がって布団から出ようとした瞬間に、一歩出した左足がもつれたのである。否も応もなく病院に連れて行かざるをえなかった。脳血栓であると診断した医師は、

「こんなになる前に何回か軽い発作があったはずですがねー」

と言う。脳の血管が詰まり、その影響で足の先まで血が流れていかないのだという医師の説明を聞き、あっと私は散歩の途中の困り果てた体験を思い出した。あれこそが発作だったのである。一時的に足が痙《つ》ったのだろうぐらいに軽く受けとめていた己の無知を私は心から恥じ、悔やんだ。

「もうお年（八十三歳）ですから、下手に薬を注入すると脆くなった血管が破れる恐れがあります。毎日少しずつ入れるようにして、ダメ元でとにかくやってみましょう」

と医師が言い、治療は一カ月ほど続けられた。どうやら血栓は溶けたようで、母はなんとか摑まりながらよちよち歩きができるまでに回復した。しかし、唯一の気晴らしであった一時間の散歩は不可能になり、頭も急速にボケて、やがて私が誰かもわからなくなった。そして、一年後には完全に寝たきりになった。

所詮こうなる運命だったのかもしれない。しかし、もっと早くに、少なくとも最初の発作で医師の診断を仰いでいたら、入院も八年にも及ぶ寝たきりの生活からも免れたかもしれない、と私は母にすまない想いでいっぱいになり、私自身の無知と怠慢が悔やまれてならなかった。

私は母が七十三歳で緑内障を患ったときにも同じ大失敗を犯している。失明寸前の大発作に襲われる一年ほど前から、母は時折異常な肩凝りやこめかみ周辺の頭痛やほんのわずかの間、目が見えなくなることを訴えていた。しかし、一晩眠ると翌朝はケロリと治ってしまうので、私は、

「疲れでしょ。ゆっくり休めば大丈夫よ」

と医師に診せるのを怠った。父の死後、老人性鬱病に罹ってしまった母との暮らしに倦んでいたあのころの私は、母の世話に手抜きを加えることばかり考えていた。

私は今六十五歳（執筆当時）である。母の病んだ年齢には達していないが、検査を受けると諸々の軽い病が発見される。加齢に伴いこれからますます体のあちこちに罅《ひび》が入ることであろう。

しかし、成人病の典型といえる脳血栓と緑内障の突然の発作には襲われない気がしている。母が身をもって教えてくれたから、これらの病気に関して私はもう無知ではない。そしてこのことを通して、病には予兆が現れることと手抜きをすると後々その何倍ものしっぺ返しに痛めつけられるということを学んだ。母は己を犠牲にして、今の私を守ってくれているように思えてならない。

別れの日

昭和四十四年七月二十一日の夜半から二十二日の未明にかけて私はテレビに釘づけになっていた。人類が初めて月に降り立つ瞬間を見届けたくて。早朝少し眠ろうと体を横にした途端、電話が鳴った。受話器を通して、父が倒れたからすぐきてという母の声が飛びこんできた。まだ上越新幹線はなく上野から長岡まで急行で四時間半かかる時代である。すぐに洗顔と着替えと簡単な荷作りをして家を飛び出したが、午前七時過ぎに逝った父の死に目には会えなかった。

後日、母が語ってくれた話によると、父はいつものように朝五時半に起床し、朝露を踏みながら自宅の裏山を三十分ほど散策してから書斎に入って新聞を読んだ。朝食の味噌汁に入れるさやえんどうを摘みに、書斎の窓の下を通って畑まで行って戻ってくる時には、机の前に座る胸から上の父の姿を、母は窓越しに二度とも見たという。それから少しして再び母がそこを通った時には父の姿は消えていた。

不審に感じた母が室内に入ると、父は大きな回転椅子ごと仰向けに倒れていたという。早朝であったにもかかわらず、父の長年の友人であった主治医は往診に駆けつけてくれ、心臓マッサージなどを施してくれたが、それからいくらも経たぬ七時過ぎに父は息を引き取った。享年七十八。死因は脳内出血であった。父の年齢を考えれば不思議はないのだが、誰もが予期せぬ突然の死には違いなかった。

通夜、葬儀の日はともにギラギラと太陽が照りつけてうだるように暑かったが、その年の八月は飽き飽きするほどの大雨が降り続いた。私はああ、不遇だった父のために天がいつまでも泣いてくれているのだと勝手な解釈をして自分を慰めた。

それから二十年後の平成元年同じ七月に母が逝った。

その年の一月三日に私は長姉を亡くしている。一月七日には昭和天皇が崩御《ほうぎょ》され、六十三年間続いた昭和も終わりを告げた。そのいずれの事実を告げても、母は無表情に天井に力のない目を向けたまま「そう」と答えたきりだった。逆縁の悲しみとも一つの時代の終焉がもたらす言いようのない寂しさとも、まったく無縁の縁に母はいた。

母の体はその頃から生きながらにして硬直し始めていた。前にかかえこむように折り曲げた両腕はそのまま固まりかけてきて、体を清拭する時、私がそれを少しほどこうとすると、もうずっと前から笑いも涙も失っていた母が

「痛い、痛い」

と顔を顰めて悲鳴をあげ、痛覚だけはまだ残存していることを私に示した。

その年の五月に私は風邪を引いた。今までの介護生活の疲れが一度に噴き出したかのようにいつまでも治らぬ執拗《しつこ》い風邪だった。熱も下がらず、咳も止まらぬままぐずぐずと日を重ねているうちに、その風邪が母に移った。

六月半ばに母は肺炎を患い、呼吸困難に陥って救急車で近所の病院に運ばれた。奇跡的に一命をとりとめ小康状態を得たものの、もはや家へ連れ帰るには、酸素吸入器をつけられたままの母の体は弱り過ぎていた。薄ら寒い雨降りと蒸し暑い曇天が交互にやってくる梅雨の日々を、私は病院にいる母の許へ通いつめた。

母危篤の電話が病院からかかってきたのは、七月七日の早朝であった。私は父の時同様、あわてふためいて洗顔と着替えを済ませ、自転車に飛び乗った。冷たい雨の降っていた前日の薄暗さが嘘のように、朝から顔を覗かせた太陽が舗道を照りつけ、気温の上昇を煽《あお》っている。コンクリートから立ち上るモワッとした反射熱を足に感じながら、病院までの十分ほどの道を私は汗だくになってペダルを漕いだ。

「まるでお家《うち》の方を待ってらしたようですね」

と看護婦が言ったが、辛うじて私だけが荒い呼吸を繰り返す最期の母に会えた。なぜ前夜病室に泊らなかったのだろう、とその瞬間迸《ほとばし》り出た後悔は今も私を苦しめている。

前日、私はいつもなら母の病室で過ごす時間を、こともあろうに風邪も抜けていない体をおしてデパートに行き意味もなく歩き廻って費した。腫《むく》んだ足を引き摺って病室に着いたのは明りが点ってからである。

点滴ミスに違いないが、布団をめくると、母の骨だけのような細い腕が広範囲に亘って青黒く腫れ上がっている。熱も急激に上がり、時折吐気に襲われている。愕然としたが、頼んでも処置することを渋る医師に繰り返し懇願することも怠って、疲れ切ってしまっていた私は早々と病院を後にした。

その夜、私はウトウトと微睡《まどろ》むとハッと目覚めさせられ、徒《ただ》ならぬ寝苦しさに悩まされ続けた。母が苦しんで一睡も出来ぬまま私に救いを求めていたのだろうか。

父とは対照的な死。八年も寝たきりだったのだから、そのまま自宅で、それも私の手の中で死なせたいとあれほど日頃望んでいたのに。母の白い死顔に射し込む朝日に、私はふと今日は七夕か、今夜はきっと二十年ぶりに迎えにくる父とともに母は天の川を渡っていくのだろう、と思った。

翌日からの通夜、葬儀は雨の降る肌寒い日となった。そのために会葬者は一割方減るだろう、と言う夫の無神経な言葉を腹立たしく聞きながら、幸薄かった母の死を、父の時と同様に天が深く悲しんでくれているのだ、と私自身はひたすら信じた。
七月の強烈な日射しと夏の雨は、いつの年も私に父母との別れの日を思い起こさせる。

母の半襟

もう十五年以上も前になる。週刊誌のあるページに、女優の小山明子《こやまあきこ》さんが、刺繍入りの半襟が欲しいのだが、呉服屋さんに並んでいるのは安手で買う気がしない。何方《どなた》か昔の物をお譲り戴けないか、と書いていた。

小山さんが見たら飛びつくであろう、その昔母が使っていた半襟を私は数多く持っている。彼女ほどの美人が使ってくれたら半襟も喜ぶに違いない、と一瞬差し上げたいという衝動に駆られた。が、連絡その他諸々のことが面倒に思えて止めてしまった。本当は時折箱から取り出して眺めてはしばし時の経つのも忘れ、典雅な色彩のハーモニーに酔いしれる楽しみを失いたくないという思いが、どこかに働いていたのかもしれない。

袷用の布地に用いられている縮緬はふっくらと厚く柔らかで、今のものとは段違い。色も深みがあってそこはかとなく品がいい。その地にしっとりとマッチする色とりどりの花々が精巧な手刺繍で埋め尽くされている。

単衣用の地は絽縮緬だが、そこにも一枚一枚朝顔や菖蒲や百合などの夏花が端麗に刺繡されている。多少色褪せたりやけたり、襟垢がうっすらとついているものもあるが、刺繡の個所は不思議と無事である。中には〝特価品三圓《とっかひんさんえん》〟という値札のついた真新しいものもある。

ある時、日本刺繡界の重鎮、赤坂むつ子先生にそれらをお目にかけたところ、これは明治、これは大正、これは昭和の初期のものと即座に判別された。そして懇意にされている旧宮家や旧華族が所蔵するものと比べても遜色のないほどのお宝で、

「私ならこのお襟のための簞笥《たんす》を誂《あつら》えますね」

と言われた。染めにしても刺繡にしてもこれだけの技術を備えた職人はもはや皆無だそうである。それまでこんな古いものをとっておいた母を、物好きぐらいにしか考えていなかったので、私は只管《ひたすら》恐れ入ってしまった。道理でいつ眺めても陶然となりこそすれ飽きることなどなかったわけである。半襟という小さな世界であっても、貴族文化として受け継がれてきた日本伝統工芸の最高峰を、私は居ながらにして味わっていたのであるから……。

「これだけのお襟に見合うとなると、お母様は大したお召し物をお持ちでしたね」

とも先生は言われた。年齢に応じて束髪《そくはつ》、丸髷《まるまげ》、洋髪と髪形を変えている母の幾枚かの

写真を見ると、いずれも殊更に半襟を覗かせた着付けをして、裾模様の拡がる豪奢な留袖《とめそで》や訪問着や付け下げを着ている。

母の生家では、祖父漱石亡き後、漱石という重石が外れた上に、全集が売れに売れて続々と印税が入るものだから、祖母が身の程を弁《わきま》えぬ浪費をしまくった時代があった。母の贅を凝らした夥しい数の和服もその時代の名残りに過ぎないのであろうが、それらは後年悉く米や金に換えられてしまった。私の手許に百枚近い半襟が残っているのは、それらが当時母の家計を助けるほどの金にはならなかったからであろうか。

私はまだ箪笥を誂えずに〝お宝〟を箱に詰め込んだままにしている。いずれは先生のお勧めに従って、然るべき所に寄贈して後世の研究者に役立てなければいけないのであろうと思いながら……。

第四部

夏目家をめぐる小事件

昭和35（1960）年頃、長岡市の松岡家にて。松岡譲、筆子夫妻と著者。（著者蔵）

漱石の長襦袢

「これじゃ漱石におかま趣味があった、と思われるじゃないか。朝日に電話した方がいいぞ」と叫ぶが早いか、夫は「夕刊の編集部をお願いします」と言って受話器を私に押しつけた。二〇〇七年十月十七日の朝日新聞夕刊の「漱石さんの息づかい」と題した記事を読んだ直後のことである。

そこには江戸東京博物館で開催されている夏目漱石展を訪れた作家出久根達郎《でくねたつろう》さんの感想が載せられている。展示物を眺めている出久根さんの大きな写真の下に、少し小さく赤色をふんだんに使った極彩色の長襦袢《ながじゅばん》のカラー写真が掲載されている。キャプションには「漱石が部屋着としていたという女物の襦袢（個人蔵・熊本近代文学館寄託・熊谷武二氏撮影）」と記されている。さらに記事の中に「出久根さんが『一番感動した』と言うのが、漱石が執筆の際に羽織っていた襦袢」との一文があり、それを裏づけるように「こんな女物の着物を羽織っていたとは、意外性がありますし」という出久根さんの言葉が添えられている。

「エッ」と、「個人蔵」のその個人である私は目を疑った。この襦袢がいつから女物になり部屋着としてまかり通ってしまったのか。出所は何処なのか。それが知りたくてかけた電話であったが、電話には広報担当者が応じた。初めは素気なくあしらわれている感じもあったが、「早急にお返事いたします」と最後に私の氏名と電話番号を尋ねる頃には、かなり恐縮している様子であった。

翌日、江戸東京博物館の学芸員と朝日新聞文化企画課の女性から電話がかかってきた。二人の女性とはこの展覧会を通してすでに仲良しになっている。おまけに朝日新聞社には親しい記者が何人かいる。にもかかわらず、イチャモンをつけるような電話をかけたのは、夫も私もそれほど仰天していたからである。長襦袢につけられた展示場のキャプションには「漱石はこの女性用襦袢をガウン代わりに羽織っていたのではないかと思われる」とあり、ガイドブックの図録（朝日新聞社刊）には「南蛮模様の女性用襦袢を部屋着に羽織ったらしい」とある。いずれも大胆過ぎるものの、一応推測と想像の域を脱していない。二人の女性はそれぞれに「女性用」「部屋着に」などの文字を外すと約束して私に深く詫びた。

実は、祖父漱石の死後に祖母（漱石夫人鏡子）が私の父（漱石門下の作家松岡譲）に形見として着物や袴や帯と一緒にこの襦袢をくれたのである。父は大柄であったから、もしこれを着用しようとすれば縫い直さなければならない。それに漱石の遺品であるしそのまま取っておこう、と父母は決めたのである。これらは私の生まれるずっと以前から吾が実家に存在し毎年虫干しされていた。

昭和四十四年に父が他界してからは、母（漱石の長女筆子）と一緒にこの襦袢を含む和服五点は私のもとへとやってきた。以後、虫干しは私の役目となる。毎年秋も深まりつつある快晴の日に、私は和室に綱を張って、和服類を拡げて干し、窓を開け放し充分に風を通した。そして大気中の湿気の増す午後三時前には畳んでたとう紙にしまい込む。一年に一回ではあるけれど、漱石の遺した絹布《けんぷ》に虫がつかないように気遣う作業は案外厄介で、特に母が寝たきりになって介護を要するようになってからは、私にとって重荷以外の何物でもなくなった。

その頃のある時、駒場にある日本近代文学館主催の「漱石展」が開かれ、吾が家の漱石の遺品や写真などを貸し出す機会があった。その折りに漱石の和服一式を引き取ってくれないかと寄贈を申し出たところ、漱石の着物は野上弥生子《のがみやえこ》さんが亡くなった時野上家から戴いておりますから要りません、文学館も置き場が無くて……と文学館に断られたことがある。恐らく鏡子が野上豊一郎さんに差し上げたものであろう。

平成元年に筆子が逝った後もこの虫干し作業は依然として私によって続けられていた。それから二、三年経ってからであろうか、たまたま熊本市へ行く用事があり、親交のあった直木賞作家光岡明《みつおかあきら》熊本近代文学館長に「先生の文学館で時々展示していただけないでしょうか、虫干しになりますから」とお願いしたら、「それはありがたいですなあ」と快いお返事をいただいて早速に館宛に送ったのである。なぜ寄贈しなかったのかといえば、熊本があまりに遠く感じられたからである。とにかく私は二十数年間続けてきた虫干しからようやく解放され、心から安堵感に浸った。

ところで、私は、「見てごらんなさい。これはお祖父ちゃまの長襦袢よ。面白いでしょう」と言って、笑いながらこの長襦袢を拡げて見せた筆子から、一度たりとこれが女物であるとか、漱石がガウン代わりの部屋着として着用していたとは聞いたことがない。鏡子を始めとする夏目家の人々からもそのようなことを聞き及んではいない。漱石は新婚当時鏡子の着物を羽織っておどけてみせたことはあったというが、あるいはこの男物の襦袢をふざけて着物の上に引っかけたりしたことがあったのであろうか。筆子によれば、漱石は時々羽織の裏など見えない所のお洒落を楽しんだという。「こういう派手な柄は芝居《しばや》の役者や芸人さんが好んで着たのだと思うけど、普通の人も着たんでしょ」とも筆子は言っていた。男性の羽織の裏や長襦袢など一見見えない場所に派手な色や柄の布を使うのを「裏《うら》勝《まさ》り」ということを最近知った。

明治時代は日露戦争などを戦うため、特に男性は「質実剛健」であらねばならなかった。

その反動として大正時代になると、人々は勝利に酔いしれて、華美になりがちになり、文化の爛熟期を迎えたが、頽廃的傾向も強くなっていく。私はまだ生まれていなかったが、奥手で地味な母が煙草を吸ったり、社交ダンスを習い始めたのも、この頃ではなかったか。

漱石が何を部屋着として纏《まと》おうが、どんな趣味を持とうが、天下国家を揺るがすほどの一大事とはなり得ない。けれど今回「いたのではないかと思う」や「いたらしい」とかではなく、ほぼ断定的に大々的に「いた」として新聞に採り上げられてしまった。結果、事実の確証を得ないまま想像や臆測がひとり歩きして、定説の如くに後の世に伝わってしまうのは困る。いささか異議ありと、「個人蔵」の個人として、一言申し述べたくなった。

雑誌「文藝春秋」に掲載されたこの小文を読まれた「京都漱石の會」の代表にして裏千家宗家の直弟子で、漱石や和服に関して造詣の深い丹治伊津子《たんじいつこ》氏からお手紙をいただき、いろいろと教えていただいた。ここに南蛮更紗の間着《あいだぎ》に関する箇所を参考までに、とくにお許しを得て長々と引用させていただくことにする。

漱石は明治四十二年十月十六日の日記につぎのように書いています。

「……四条の襟善で半襟帯上を買ふ。十八円程とられる。更紗を買はうとしたが女房が気に食はんのでやめた。八時二十分の急行に乗る。……」

この日記の「女房」を不審に思いましたので、私は「ゑり善」に行き、店の責任者の方に尋ねたことがありました。昔の店は番頭が接客し女性は出なかったとのお答えでした。漱石は家に残した妻の顔を思い出してお目当ての更紗を買わず東京へ帰ったというのが事実だったようです。更紗は漱石の作品によく出てくるお気に入りの布でしたから、その更紗の間着で渋い着物の重ね着として男のオシャレを楽しみたかったのでしょう。間着とは肌着と上着との間に着る衣服を申します。

また、海外の男性が日本女性の着物を部屋着として愛用したという例も多く見られます。江戸時代には貿易を許された唯一の西洋の国オランダが将軍に下賜された小袖を貴重品「ヤパンセ・ロッセン」（日本の部屋着）と呼び、少数の貴族や富裕者にもてはやされ、それはヨーロッパに広がり、「ヤパン着用のこと」と招待状に書かれるまでの男性用のオシャレ着になった歴史もあるようです。

もとは女性の着物が男性に使用される一つのケースですが、海外とは違い、漱石は人目につかない重ね着としてこの更紗の間着を所持していたと思われます。京都でわざわざ鏡子夫人のために高価な半襟と帯上げを買い求めた漱石が、自分のための更紗を物色し断念したことも、なんとなく微笑ましいできごとではなかったでしょうか。……

このお手紙で、漱石と女物に関する私の疑問は解けた。

難行苦行の十七文字

落ち葉踏み筆子産湯の井戸を覗《み》る

必死の思いでひねり出した私の句である。良し悪しはおろか句になっているかどうかも解らない。しかし色紙にはこれを書くしかなかった。熊本市坪井町にある夏目漱石記念館（漱石が熊本に来て五番目に住んだ旧居跡）の、漱石が客間に使っていたという座敷で、私は十一月だというのに、しきりに汗を拭っている。

そこに座って一息ついて談笑する暇もあらばこそ、「じゃ、お一人ずつこれを書いて下さい」と館長さんが二枚の色紙を持って現れた時から、この難行苦行が始まったのである。

漱石は書や絵を描くのを得意としたらしいが、孫であっても私は色紙に何か書くのが大の苦手ときている。字が下手な上に文学的素養や絵心がからきし無いから、描くべき文句や絵柄がとっさに頭に浮んでこないのだ。

漱石と関わりのある旅をすると、必ずと言ってよいほど行く先々で何か書いて欲しいと頼まれる。その都度恥を忍んでみみずの這ったような字で漱石の俳句や漢詩を書いてきた。そして次の機会までには習字の練習と句作に励み、流麗な書体で己の名句を書けるようにしておこうと心に誓うのだった。ところがそんな堅い決意も帰宅するやたちまち雲散し、性懲りもなく恥の上塗りを繰り返している。

今回も然り。自業自得とは言え、館長さんの依頼にまたまた恥をさらすのか、とやけっぱちになって筆ペンを握ってみたが、アンチョコにすべき漱石の句集を宿に置き忘れてきたことに気付き内心あわてふためいた。隣りを見ると、連れ合いはせっせと漫画を描き、その脇に『草枕』の一節まで入れている。いよいよ追いつめられた気分でじりじりしながら庭の古井戸とそのかたわらの「筆子産湯の井戸」と書かれた立札を睨んでいるうちに思い浮んだのが、「落ち葉踏み……」の十七文字であった。

漸く一枚書き終えると、館長さんが新しい色紙をどっさり抱えてせかせかと入ってきた。

「いっそ四枚ずつ書いて頂こう。いいですか、ノルマが終らんうちはお帰ししませんぞ」

と最初二枚を持ってきた時のどことなく遠慮がちの様子と打って変わってすごんでみせる。すごまれたからと、いくら力んでみても、にわか俳人にそうたやすく四つもの迷句が作れるわけはない。「筆子」を「母の」に変えたりして悪戦苦闘しながら、二枚目の色紙を書いていたら、どやどやと声がして二十人ほどの高校生がなだれこんできた。

「この方は夏目漱石のお孫さんです」

館長さんが秘密でも明かすような口ぶりで得々と私を指さして言う。「ええっ！」「うっそー」と高校生たちが口々に叫ぶ。

「ほんと？　おばさん」

一人の女生徒が疑わしそうに私に訊いた。まるで明治のお化けでも見るように、高校生たちは照れ笑いをしている私を凝視している。

「ウワッハッハッ。とうとう見せ物になられましたな」

と館長さんが笑った。

連れ合いが黙々と描く漫画をのぞき込んでいた別の生徒が、「おじさんも？」と尋ねた。

「この方はお孫さんの御主人で、この本を書かれた偉い作家です」と連れ合いの著書『漱石先生ぞな、もし』を高々と示しながら、館長さんが厳かに答えている。偉い作家より明治のお化けの方がもの珍しいらしく学生達はおじさんには余り興味を示さない。

「おばさん、僕、かずまって言います。一に馬って書きます。僕の名前とおばさんの名前をここに書いて下さい」

一人の男子生徒が記念館のパンフレットを私に差し出した。私は只の人だけど、それでもいいのね、と念を押してから、その端に一馬君と書き、下に私の名を記した。すると高校生たちは僕も私もと次々に名のりをあげ、私は一気に二十人分の名を書くはめになり、一時色紙書きを中断せざるを得なくなった。おじさんが漫画を描き続けながら「君たち、『草枕』って知ってるかい？　『二百十日』は？」と訊いている。高校生達は揃って首を傾げ、知らない、と言う。『吾輩は猫である』と『坊つちやん』と『こゝろ』は知っているのだそうである。私が全員のサインをし終えたところで、皆で記念撮影をすることになった。それでまたひとしきり大騒ぎ。

去って行く高校生達を見送ってから、再び俳句に戻った。その間にも来館者は絶え間なく来て、館長さんの耳打ちに驚いた顔をして、しげしげと私を見つめていくのだった。

高校生と違い何も言わないが、人々の視線をしばらく浴びていた。なんとも居心地が悪い、と感じているそばから、

—漱石記念館にて—

見せ物になりて夫婦で秋の客

という句がひらめいた。しかし、これはさすがに色紙に書く気にならなかった。

ロンドンからの手紙

花曇りというのか、朝からぬくい日であった。多分山林を切り開いて霊園にしたのであろう。大通りに相当する道は舗装されているのに墓地と墓地との間の細い道の至る所に木の根が張っていて所々に切り株がむき出しになっている。右足首を複雑骨折して、手術してから一年と経っていない私にはかなり歩きづらい上り傾斜であった。時々よろけそうになるのを左足裏に力を入れて踏みしめつつ、ゆっくり登っていく。と、突然隣の重子《しげこ》が言った。「あなた、あれ買わない?」「エッ」と私はギクリとして立ち止まる。今まで考えてみたこともないことであった。重子は私と同い年だが私の母筆子の従妹にあたる。

「あなたが持つのが一番いいのよ。筆子さんも出ていらっしゃるし……」

と重子が決めつけるように言う。あれとはロンドン滞在中の漱石から鏡子に宛てた一通の手紙である。漱石の書簡となれば全集にも組まれているのだから、お宝に属する。それもかなり有名なものであるらしい。

私は元々ものを収集する趣味を持ち合わせていない。私の父（松岡譲）は金が無いのに目利きで書画骨董には目の無い男であった。私も骨董に囲まれて育ったから嫌いではないがはまり込むほどではない。年を取るに従って、一層実生活とは無関係なものへの興味が薄れた。夫と私が病気をせずに日々過ごせればそれで良いというきわめて消極的な心境で暮らしている今、大切に扱わねばならぬものを身近に置くのが、もはや億劫なのである。こわしたり、汚したり、紛失したらどうしようなどという気苦労を背負いたくないのである。

この話を出す少し前に重子から、実はご主人が一週間前に脳梗塞で倒れて、救急車で運ばれ、目下予断を許さない状態である、と聞いたばかりであった。そう言われれば、先ほど読経を聞いた奥村家の菩提寺の本堂で顔を合わせた時、いつものオキャンな感じがなりを潜め、どこか沈んでいるような感じを受けた。故人を実の兄のように慕っていたせいであろうとばかり思っていた。同い年の上に夫婦二人暮らしなのも同じだから、ご主人が倒れて重子が相当に動揺して気弱になっているというのが、私には手にとるようにわかる。

重子とご主人は、マージャンとゴルフが趣味という仲睦まじい夫婦である。イチローが大好きで「孫を連れて主人とシアトルまで観戦に行ってきたわ」とか、今日の仏様の昭次郎さん夫妻と重子夫妻で世界一周旅行に行ったりしていたので、てっきり重子夫妻は優雅なシルバー生活を謳歌しているものとばかり思っていた。今回のことはこたえたであろう。ご主人の病気の性質上長引くかもしれないという不安もあって、持物を早く整理して現金に換えておこうと焦っているのかしら？

でも私は同情から不要なお宝を手に入れてもよいなどとは思わないから、「おいくら？」とは訊かなかった。彼女の方から「安いのよ。いつか主人が古書店に持っていって訊いたら百ウン十万円て言ったんですって。でもこれは古書店の買い値であって、彼らが欲しい人に売る時はもっと高くなるのよ」と畳みかけるように言う。

なるほど、安いのかもしれない、と私は思った。恐らくバブル期だったと思うが、テレビで作家の出久根達郎さんが、漱石の書画や書簡は特に高く自分が現在所有している手紙（誰宛のものか忘れた）には六百万円という値がつけられていると言っていた。「自分は古書店業界にいるのでそのルートを通したからもっと安価で手に入れたが」とも言っていたっけ。

それにしても「あなた買って下さらない？」とか「買っていただけないかしら？」という下手《したて》の言い方ならまだしも、「こんなに安く譲ってあげるんだから」という多少高飛車で押しつけがましい物言いにちょっとムッときて、私の方もまけじと「それはバブルの頂点の頃のお値段でしょ。今はもっと下がっているわよ」と言い返した。しかし、その日は休日であったから多くの墓参人の声に私の声はかき消され重子の耳には届かなかったのか返答はもらえなかった。私は大声で、「いずれにしても大金だから主人とよく相談してからお電話するわ」と即答を避けた。

そうこうするうちに、パッと視界が開けて雑司ヶ谷の漱石の墓地よりもっと広い頂にある墓地に到着した。晴天なら横浜の町が一望できるそうな。ここは鏡子の二番目の妹梅子（中根重一の三女）の嫁いだ奥村家の墓である。今日は梅子の次男昭次郎さん（享年八十二）の四十九日の法要（埋骨式）が営まれているのである。この法要の施主である昭次郎さんの一人娘の美香さんは他家に嫁いでいるから、この大きな墓地も行く行くは無縁墓になるのかしら。しばし空しい思いに捉われる。私の胸の中を栄枯盛衰という言葉がゆっくりと通り過ぎてゆく。

私は昭次郎さんが大好きであった。美男子とか恰好いいとかいうのではないが、穏やかで、上品で、ダンディで、礼儀正しくて、博学で、話が面白くて、滅多にお目にかかれない素敵な紳士であった。私にとっては漱石や鏡子に関するネタ元の一人で、わからないことがあるとすぐに電話をして教えてもらえる大切な人でもあった。私が「中根家の四姉妹」という小文を書いて、掲載誌を送ったところ「母のことを書いて下さってとても嬉しかったです」と電話で丁寧に礼を言われた。

重子は昭次郎さんの従妹にあたる。漱石夫人鏡子の末弟中根壮任《なかねたけとう》の一人娘である。壮任は夏目家に出入りしていて漱石とも会っているから、その娘の重子も壮任を通しての夏目家や鏡子のことなどを引き出すことのできる私の貴重なネタ元の一人である。

重子が頭の天辺からソプラノで語ってくれる話は、彼女の歯に衣着せぬ物言いと相俟って私には面白いことこの上ない。

彼女に初めて会ったのは昭和三十八年四月十八日、祖母鏡子が亡くなった通夜に遡る。母上（この方も大変美しかった）の後について、漆黒の髪をアップに結い上げ和服の喪服に身を包んだ重子を初めて見た。俯き加減に畏まって座っている重子のあまりの美しさに私は目を瞠った。憂いを含んだ大きな瞳、色白の細面、細くて長い項首《うなじ》、ほっそりとした体、しとやかな身のこなしがそれ以来私の目の裏に焼きついた。美貌は些か衰えたが、今でも彼女は細くて、私よりずっと若々しく、綺麗である。葬儀を終えた夜、夏目家に泊まって栄子叔母（漱石の三女で最後まで鏡子と暮らし世話をしてくれた）の手伝いをしている時に、叔母から「ねえ末利子、昨日と今日お参りに来て下さった方達の中で、誰が一番綺麗だと思った？」と訊かれた。即座に「壮おじ様のお嬢さん」と答えると「私もそう思ったわ」と栄子は満足気に微笑みながら頷いた。

最近になってから「重子さんて昔も今もお綺麗ね。美人てあんまりお年を召さないのね」と私が褒めたら、「今はともかく、確かに学習院時代の重子は綺麗でしたね」と昭次郎さんも、重子と大学の同級生である重子のご主人も認めた。そんなおしとやかな美人というイメージしか抱いていなかった私が二度目に重子に会ったのは、純一（漱石の長男）叔父の葬儀の後の斎の膳に着いた時である。私達夫婦の目の前に昭次郎さんと重子が並んで座っていた。その頃、遅まきながら漱石に興味を抱き始めた私は情報が得たくて、私の方から積極的に二人に接近して急速に親しくなっていったのであった。

親しくつき合うようになってからの重子は私が初めて会った時抱いたイメージとはまったく重ならない別人であった。戸惑いつつも、彼女の率直な人柄は、あるいは鏡子を始めとする中根家の女性達特有のものかもしれないと思うに至る。

漱石がロンドン留学中に鏡子は、矢来町の今の新潮社の場所にあった実家中根家の離れに住んでいた。それで鏡子の住居にはよく鏡子の弟妹達が出入りした。ここで私の母筆子のすぐ下の妹恒子が生まれたから、お手伝いが一人いたとはいえ鏡子は猫の手も借りたいほど多忙であったろう。だから鏡子の弟妹達は何かと鏡子を手助けしてくれていたに違いない。

「壮叔父さんて面白いのよ。時々物置の屋根の上から『ほら筆ちゃん見てごらん』と言ってピューッとおシッコをするの。私はキャッキャッって笑うんだけどお祖母様（中根豁子）から『これこれ壮や、何ですか、お行儀の悪い』って叱られるのよ」と母が笑いながら懐かしそうに話していた。それで『坊っちゃん』のモデルは壮任なのかと思ったりしたものだ。まだ若い叔父は初めての姪の筆子を本当に可愛がってくれたのであろう。年を取ってからも筆ちゃん筆ちゃんと壮任夫人や重子にしきりに語って懐かしがっていてくれたそうである。

ロンドンから帰国し千駄木に住んでいた頃の漱石は、最も精神的に不安定な時期であった。まさか、鏡子の弟妹達にまで手をあげることはなかったが、鏡子や幼い二人の娘達にはしばしば狂気の沙汰を演じた。そんな不機嫌な時にうっかり家の中で漱石と顔を合わせようものなら壮任までもが、不機嫌を通り越した、もの凄い形相で睨まれたという。

まだ赤ちゃんであった恒子を漱石が品物のようにひっ摑んで庭に抛り投げて、鏡子が夢中で白足袋のまま庭に跳び下り、恒子を拾い上げて抱きしめるのを壮任は見たという。筆子も漱石に理由もなくぶたれたり書斎に閉じ込められたりしたが、自分の留守中に生まれた恒子に漱石はもう一つ愛情を注ぐことができず、筆子よりひどくあたったらしい。勿論神経の正常な時には二人とも自分の子には変わりないのだから分け隔てなく接するのであるが。

鏡子にしてみれば、漱石からより酷に扱われる恒子が不憫で不憫でならず、同じいたずらをしても恒子を叱らず筆子を叱った。

「お母様ったら恒子さんばっかり可愛がって、私の本当のお母様なのかしら？」

と哀しくなり、その頃は鏡子を怨んでいたと、いつか筆子が言っていた。

そんなことを壮任はこと細かに見て知っているらしく、

「『俺、漱石なんて大嫌《でえきれ》え。ありゃ狂人だよ。姉貴（鏡子）はよく小遣いをくれたけど、漱石なんて一度もくれたことなんかありゃしない』。だから鏡子伯母様は本当にお気の毒でいらしたと父がよく言ってたわよ。決して悪妻なんかではなかったって」

と、重子から私は再三聞かされた。大好きな姉や可愛がっている幼い姪達にも手をあげる漱石を、壮任が好きになれないのは自然の成行であろう。しかしすっかり壮任に感化されてしまった重子までもが、

「私も漱石なんて大嫌いよ。あんなの小さい時に養子に出されて、籠に入れられて出店に並ばされたりしたのでひねくれてるんじゃないの！」

と、私の前でずけずけと手厳しいことを言う。そこまで言われると、私も複雑な心境になってきて内心穏やかではいられなくなる。普段それほど漱石に親しみを抱いているわけでもないのに、

「おだまりなさい。あなたのようにご両親の愛にも富にも恵まれて育ったお嬢様に漱石の

悩みや苦しみがわかってたまるものですか。漱石だって『行人』の主人公一郎のように、救いのない、どこへ持って行きようもない、追いつめられた気分になっているんだから仕方がないじゃないのよ。可哀相だわ」と庇いたくなってくるから不思議である。

またある時は、これもまたぬけぬけと私の目の前で言ってのけた。私の父松岡譲のことを「松岡さんは筆子さんを獲得して得意だったのよ。でも恋には勝ったけど、小説書きとしては久米正雄に負けたのよネ」と。「いい度胸で言ってくれるじゃないの。誰に向かって言ってるの！　何も知らないくせに」と私は著しく気を悪くした。でもそれも一理あるか、と、いずれの場合も私はあえて反論を試みなかった。けっこう彼女の言うことは核心を突いているのである。それにこう言いたい放題の人は案外単純で裏表がなく、心の中はきれいなのであろう。私は心にもないお世辞を言う人より重子とつき合う方が楽である。

彼女は漱石の弟子達にも情容赦をしない。父が言ってたけど、と前置きして、

「安倍（能成）と小宮（豊隆）と岩波（茂雄）は小説家になるのは諦めるように、と漱石に言われたんですってよ」

でも、壮任が木曜会に列席するはずはないので、どうして知っているのかな。それで、「でも漱石が人の一生を左右するような思い上がった言い方をするかしらね」と首を傾げると、重子いわく、

「皆小説家になりたくて漱石の所へ来るわけじゃない。連中が最初に持ち込んだ何編かの小説を読んで漱石があきれたんですってよ。だから三人とも小説家になってないでしょ。文章も下手だし……。私、学習院の時、小宮の『芭蕉』を受講したけど、あんな下手くそな、つまらなくて下らない講義って聞いたことがなかったわ」

重子にかかっては、漱石の高弟も漱石山脈もへちまもあったものではない。

また、こんなことも言った。

「特に父は岩波のことを『あいつはイヤな奴だったよ。漱石を利用することしか考えていない飛んでもない野郎だった』と言っていたわ」

聞いている私は事実を知らないので肯定も否定もできないけれど、心の中では「さもありなん、あたらずとも遠からず」とニタッと笑いが込み上げてくる。そして、「それくらいでなければ日本でも指折りの大出版社なんて築けないわよ」とあたりさわりのない返答しかしなかった。

鏡子は娘時代から父中根重一が駈け上って行く登り坂と全盛期しか知らずに育った。それに反して壮任の青年時代は家の没落期と重なった。それで鏡子・時子・倫の上三人までは「お姉様《あねえ》」「お兄様《あにい》」と下の妹弟から奉られていた、とかつて昭次郎さんから聞いたことがある。それでも壮任は心から父重一を尊敬していた。重子は「私の名前は父がお祖父様の一字を戴いてつけてくれたの」と言ったことがある。後年壯任はある大会社の副社長となり、漱石没後浪費しまくって金を使い果たした鏡子と立場が逆転した。高給取りの上に、社用族華やかなりし頃であったから、派手に金を使うことができたらしい。

落ち目になった鏡子がよく電話をしたり、葉書を出して呼びつけては、「壯さん、これ買っとくれ」と言って漱石の遺品などを買ってもらった。「ああ、いいよ」と金まわりもよく、姉貴には可愛がってもらったと恩に着ている壯任はいとも気易く高値で買ってくれた。それで重子は漱石のものを壯任から譲り受けて今でも保管しているのである。

ところが肝腎の壯さんは大の漱石嫌い。姉貴が気の毒で言われるままに漱石関係の品々を買うものの、それらにはまったく愛着が湧かない。それで時には行きつけのナイトクラブやキャバレーのホステス相手に座る席でバラ撒いたのだそうである。しかもタダで。漱石の物が高いのは女給さん達も知っていて、皆群がって飛びつくので、それが面白かった、と壯さんは言っていたそうな。何とまあ悪趣味で勿体ないことよ、それを知ったら壯さんの大好きな姉貴鏡子も、さぞや哀しんだことであろう。鏡子は心底から漱石を愛していたのであるから。と眉をしかめつつも、オカシな復讐の遂げ方もあるものだ、と私は妙に感心してしまう。出所が怪し気でも本物には違いない、ということもあり得るということを、このことを通じて私は学んだ。

鏡子贔屓《びいき》の壮さんが珍しく、

「姉貴って木曜会の時でも平然として長襦袢のまま寝床に寝そべって、『キング』なんていう大衆雑誌を読み耽っていたんだから、あんなところを弟子に見られた日にゃ大変だよ。たちまち悪妻って言われちまうよ。右往左往立ち働いているのは女中達だけなんだからさ。でも一日中客がきたりして座る間もないんだから、ああでもしなければやっていけないだろうけどさ」と洩らしていたこともあったという。そう言えば、筆子も「お祖母ちゃま（鏡子）って、夜になると布団に横になって新聞小説や大衆小説雑誌を夢中になって読んでいたわよ。小栗風葉《おぐりふうよう》とか牧逸馬《まきいつま》とかをね」と言っていた。

やはりこの頃のこと、懐具合の豊かな壮さんに鏡子は、「壮さん、お父様（中根重一）のご法事をやっとくれ」と頼んだ。長男倫はすでに故人となっていた。「おいきた」と引き受けてくれた壮さんに鏡子は「壮さん、ついでに私の御仏前も包んでおいておくれよ」と頼んだそうである。当日壮任は、金を入れた仏前袋を鏡子に手渡す。すると鏡子がそこへ夏目鏡子と記して、そのままそっくり壮さんに渡す。

「その理屈が私にはさっぱりわからないのよね。だってお祖父様のご法事を父がやるわけでしょう。父が包んだ御仏前は結局父の元へ戻ってくるわけよね。私、不思議で不思議でたまらなかったわ」と今でも重子は首を捻っている。私はクスッと笑ったが、鏡子としては法事に招ばれて行く時に、ほかの客達と同じように形式的にせよ御仏前を壮任に渡したかったのであろう。鏡子は本当に良い弟を持ったものである。

「でも鏡子伯母様ったら威張ったお顔をなさって、一言もお礼をおっしゃらなかったのよ」

と、重子は頬をふくらまし気味に語る。それでいてすぐに重子は、「鏡子伯母様って根はお優しくて本当に良い方なのよネ。だから私、大好き」と人懐っこい笑みを浮かべる。

昭次郎さんの知り合いの中で、私の特に親しいのは重子しかいないから、墓参を終えておのおのタクシーに分乗して料理屋さんに行く時も、着いて斎の膳に着く時も、ずっと重子と隣り合って座った。

過去に聞いていた事も含めて、こんな面白い話をたっぷりと聞かされたのでは、「あれ買わない？」と言われた手紙を買わないわけにはいかないだろうな、という義務感に捉われ始めていた。たとえ私には不必要なものだとわかっていても。そう遠くない将来にどこか然るべき所に寄贈せねばならぬとわかっていても。少なくともナイトクラブやキャバレーの女給さんの手に渡らずに済んでよかったと感謝せねばなるまい。

最期まで肌身離さず自分の手許に置いた、ロンドンからの漱石のラブレターを鏡子はどんなに手離したくなかったであろう。背に腹は代えられぬの心境で、でもあかの他人にではなく一番身近で気の置けない自分の末弟に譲らねばならなかった鏡子の気持を考えると、私は胸が詰まった。

「よし、買おう。額縁に入れて飾ろうじゃないか」という夫の快諾の言葉に送られて、それから三日後、私は百ウン十万円の現金を持参して、重子のご主人の見舞を兼ねて病院へ行った。そして「あなたがお持ちになるのが一番よろしいのよ。あなたに持っていただきたかったの」という重子に背を押されるようにして漱石の手紙を受け取った。

その途端、一瞬、私は息を呑んだ。手紙は和紙に毛筆で長々と書かれたものと、はじめから思い込んでいた。何と、それはノート一枚（四ページ）の裏表にびっしりと細かいペン字で書かれたものである。しかも吹けば飛ぶようなあまりの軽さ。額装して居間にかけ毎日眺めることのできる毛筆の手紙と思い込んでいたのに。これじゃ美術的には何の価値もないじゃないの。ただ机の引出や戸棚にしまい込んでおくか、用心深く銀行の金庫に眠らせておくだけのために、大金を払わねばならぬのか、と私はただただ恨めしく重子の顔を凝視《みつ》めるだけであった。でも考えてみるまでもなく、ロンドンに漱石が和紙や毛筆や墨やまして重い硯を持っていくわけがないではないか。自分のアホらしさに私は吹き出しそうになる。

と、重子が「本当にありがとうございました」と珍しく深々と私に頭を下げた。一瞬重子の目に光るものを見たような気がする。一緒に心の底からという風に礼を言い、やはり深く頭を垂れるご主人の顔が歪み、込み上げる嗚咽を堪えているのがわかる。恐らく脳梗塞という病の特徴であろうと察したが、「お大事に」と声をかける私も知らぬ間に目頭が熱くなっていた。

帰宅してから早速薄っぺらなインクの滲んだ紙一枚を取り出して読み始める。文部省からの僅かな給付金の中から本を買い漁って食費にも事欠きながら、勉強しまくっていたロンドン時代の漱石。便箋を買う金にさえ窮していながら、こうして長い手紙を書かずにはいられない漱石の寂しさや妻子への深い情愛が、几帳面にびっしり細かい字で書き込まれたノートの紙片から立ち昇ってくるようである。その一節を。

「昨日は当地の『クリスマス』にて日本の元日の如く頗る大事の日に候。青き柊にて室内を装飾し、家族のものは皆本家に聚《あつま》り晩餐を喫する例に御座候。昨日は下宿にて『アヒル』の御馳走に相成候。

湯浅土屋俣野時々参り候よしよく御あしらひ可被成《なさるべく》候。

筆も丈夫に相成候よし何より結構の事に候。可成《なるべく》我儘にならぬ様あまへぬ様可愛がりて無暗にあまき物抔《など》やらぬ様、無暗にすはらして足分の発達を妨げぬ様御注意可被成候。是等は一時に害なき様なれども将来恐るべき弊害を生じ一生の痼疾《こしつ》と相成申候。小児の教育程困難なる物は無。之精々御心配願上候」

読み終えると、珍しく漱石を身近に感じ、無性に祖父母と母に会いたくなった。

（漱石の手紙は読みやすくするために句読点をほどこしたことをお断りいたします）

叔母のこと

叔母が亡くなった。享年八十六。叔母といっても母の弟の奥さんだから私とは血の繋がりはない。しかし私はこの叔母が好きであり、同時に尊敬していた。叔母の主人即ち私の叔父純一は度外れたわがままな人であった。父親である夏目漱石は期待していたらしく自ら勉強を教えたりして男の子達には相当に厳しく接した。純一が十歳の時に漱石は亡くなったのだが、その反動からか漱石夫人は純一を甘やかし放題甘やかした。お蔭で純一は心根は優しいのにこの上なく自己本位に育った。自分のお洒落や趣味には湯水の如くに大金を費やすのに、家族を養うのは妻の役目と勘違いしている節が窺われた。あの叔父と暮らすことの出来る女性《ひと》は叔母しかいなかったと、叔母の苦労を思いやって通夜の席上私達従《い》姉妹《とこ》は叔母を絶賛し合った。

純一は戦前十五年間もベルリン、ハンガリーのブダペストに居住しバイオリンを学んだ。帰国後叔父はある交響楽団に入りそこのハーピストであった叔母に一目惚れして二人は結ばれた。当時（戦中から戦後にかけての一時代）はハープそのものが珍しい楽器で、従ってハーピストは希少価値で（プロのハーピストは日本で三人しかいなかった）、叔母は音楽界で非常に重宝された。叔母の演奏ギャラは楽団のコンサートマスターをしていた叔父のそれより高かった筈である。しかし叔母はスカッとした性格で頭の切り替えも早い。時代が経つにつれ若手の自分よりはるかに優秀なハーピスト達が台頭してくる。と叔母はいつまでも自分如き老体がはびこっていてはいけないとさっと引退して、自宅附近に喫茶店を開いた。年と共に腕が衰えているのに今までの地位に拘泥《こうでい》し、後進に道を譲りたがらない人がどの世界にも大勢いるというのに。

叔母の亡くなる四年前に九十一歳で純一が亡くなった時も、叔母は純一が遺した漱石に関する遺産を一つ残らず神奈川近代文学館に寄贈した。初版本全巻、書、画、書簡類、漱石が愛用していた紫檀の机、英国留学時代のノート、安井曾太郎《やすいそうたろう》画伯の描く漱石の肖像画などなど、夥しい数に上るから金に換算したら莫大な額になろう。叔母は私のような俗人と違って一つぐらいはとっておこうなどとケチ臭い考えを抱かない人であった。家が芝の高輪にあるからそれこそ東京の真真中《まんまんなか》。しかも四十七士で名高い泉岳寺のすぐ傍だから、あれだけの品を常時展示する漱石記念館をここに建ててくれたらと願わぬでもなかったが、現実に叔母の住処《すみか》を奪う訳にはいかないからそれは無理であった。それにしても一つとして宝物を私物化せず公共に供した叔母の思いっきりのよさには脱帽する。

中年以降叔母はリューマチに苦しんだ。足の指の骨が勝手にどんどん変形して行く。痛いからといってその時寝こもうものなら指は曲がり放題曲がってしまう。それを防ぐために叔母は凄まじい痛みに耐えながら靴を履いて突っ立ったまま八十三歳まで働き通した。その上に痛みを抑えんがための鍼治療で感染したのか、叔母はC型肝炎を患った。常にかったるく気分よく目覚めるなどということはなかったであろうに、気丈な人でそんなところは私達には勿論家族にさえ見せず、明るく機嫌よく振舞っていた。

叔父の死後、末期の肝硬変で危うく命を落とすところだったが、奇跡的に銀座へ買物に出かけられるほどに回復した。そして入院も免れ、薬漬けにもならずに最後は実家に泊り込んで献身的な看護をした孝行娘に看取られて、朽ち果てるように逝った。最近『漱石の孫』（実業之日本社、二〇〇三年）という本を出した息子の房之介《ふさのすけ》も人に知られる作家に成長したし、いい子に恵まれて叔母の苦労は確実に報われていると私は思った。死ぬ間際まで叔母は、私は若い人たちの苦しみや病を背負って死ぬのよ、と言ってくれていた、と叔母に四十五年も仕えてきたお手伝いさんから聞いた時には、いかにも叔母らしいと感じ入り、胸が詰まった。

芥子餅《けしもち》の思い出

ここ数年音信の途絶えていた山上さんから手紙が届いた。名前と住所の印刷された角封筒を開けると、二つ折りの白いボール紙が出てくる。開くと右半分に、

「謹んでお知らせ申し上げます。私、去る十二月十日八十歳の生涯を閉じることになりました。生前賜りました御交誼を心よりお礼申し上げます。私、世間一般の葬儀の意義を認めませんので、極く近親者のみにて簡単に葬儀を済ませました。つきましては香典、献花などはありがたく拝辞申し上げます。なお心がおありになりましたら、遺族に慰めの言葉の一つもかけてやって下さいませ」

とあり、左半分に、

「平成十五年一月」

という文字と山上さんの遺影と署名が印刷されている。ど肝を抜かれるほどではないが、当のご本人からの訃報は初めてだったので、一瞬ぎくりとさせられた。でもすぐに山

上さんらしいなあという気がしてきた。といっても私は山上さんのことを知り尽くしているわけではない。文面に遺族とあったが、家族構成すら知らないのである。

山上さんと初めて会ったのは、十六、七年も前になろうか。場所は拙宅の一軒置いて隣の大原邸の客間であった。

山上さんは関西に住んでいるが出張でよく上京していたらしい。大原さんの御主人とは銀座のクラブで偶然知り合い親しくなった。何回目かの二人の出会いの時に、

「実は最近とても嬉しいことがあって」

と山上さんが話を切り出した。

仕事で小樽へ行った折り、何気なく古本屋巡りをしていた山上さんは、私の父、松岡譲の著書『法城を護る人々』上中下全三巻を見つけた（父自ら生まれ育った寺を舞台に腐敗した仏教界、寺院制度を痛烈に批判した問題作として発売当時ベストセラーとなる）。自らも寺の嫡男として生まれ私の父と同じ悩みを持ち続けて成長期を過ごしたゆえ、山上さんはこの本を青年時代に読み、深い感銘を受けた。以後この本をバイブルの如くに大切に自身の本棚に収めたが、戦災で焼失してしまった。それが数十年ぶりに北国の本屋で思いもかけずこの本と遭遇したのである。まるで若い時に別れ別れにさせられて長年探し求めていた恋人に巡り会えたような興奮を覚え、しばし体が震えて止まらなかった。早速にこ

の三冊を買い求めたのはいうまでもない。

で、その日以来嬉しくて嬉しくて、という話を一気に大原さんに語った。びっくりした大原さんが、

「その方のお嬢さんなら家のすぐ傍に住んでおられます」

と告げ、今度は山上さんが、

「エッ！　ホント？」

と仰天したという。

大原さんからこの話を聞く前に、その件《くだり》をこと細かに記した山上さんからの丁重な手紙を、堺の芥子餅とともに私は受け取った。そして送られてきた芥子餅に同封されていた手紙で山上さんが関西の実業家であることを知った。菓子屋さんは裏千家御用達《ごようたし》の店で、午前中に芥子餅は売り切れるということも知る。

それから一週間も経たないある日のこと、大原夫人が、

「山上さんがお見えになってるからいらして」

と私を招びにきた。「エエ？」と飛び上がる暇も着替える暇もあらばこそ、私は素顔のまま「早く早く」と急き立てる大原夫人に普段履きのサンダルを突っかけて従った。私に会いたくて矢も盾もたまらず少し早めの新幹線に飛び乗って、

「今日は堺のくるみ餅を持って参上しました」

と言ってみやげ物を差し出す山上さんと大原邸で生まれて初めて対面したのである。

終始笑みを絶やさぬ山上さんは、中肉中背で顔立ちの整った身だしなみの良い品格を備えた紳士であった。その紳士が恭《うやうや》しく大正十二年発行の三冊『法城を護る人々』を鞄の中から取り出して、

「ここに旧姓でサインをして下さい」

と私に頼む。私が喜んで三冊にサインを済ますのを見届けると、

「私の宝物ができました」

と三冊を押し戴き、また丁寧に風呂敷に包んでから鞄に入れた。

それから山上さんは『法城を護る人々』に関して熱弁を振るった。この本にいかに衝撃を受け、共感を覚えたかを、目を輝かせて語る時のひたむきさからは、学生、それも旧制高校生のような上質な若さ、純粋さと生真面目さを強く感じさせられた。金儲けに徹しなければならぬ身なのに俗気とか汚れを微塵も感じさせない。その印象が、今思えば今回の訃報を山上さんらしいと私に感じさせたのかもしれない。そして趣味は読書のほかには能で、自らも嗜むが暇を見ては能面を打つとか、関西の財界では仁丹の森下社長と並んでケチ社長として三本の指に入るほど有名なのだとか、そんな話を一時間半ほど楽し気に語っ

た。今宵は、このケチ社長の書いた省エネの論文が通産省に認められ、その授賞式と祝賀パーティが帝国ホテルで催される。それに出席するために、

「今日は私にとって二つの慶事が重なる記念すべき日となりました。では」

と心から嬉しそうに目を細めて山上さんはやがて大原邸を去っていった。それが山上さんとの初めにして最後の出会いであった。

それ以後山上さんは、五年前に社長職を退いたという通知をくれるまで、年に三、四回「バカの一つ覚えです」と芥子餅を送って下さるようになった。いつの場合も父への深い尊敬と愛情を綴った便りを添えて。

父の文学の熱烈な愛読者を失うのは限りなく寂しい。それにしてもこの十数年私の心に灯を点し続けて下さった、と私は心から感謝しつつ、今となってはこの上なく懐かしい芥子餅を思い浮かべる。人差し指と親指をつけて作る小さな丸い求肥《ぎゅうひ》のような柔らかい餅、中に上等な黒餡が詰められていて、外には芥子の実とニッキがたっぷりとまぶされている。この二種類ともとても美味しい。午前中に売り切れるのも頷ける。

長い年月のお返しに、私はどうやって山上さんの遺族を慰めたらいいのだろう。私の胸の中の芥子餅に匹敵するほどの何かいいものはないかしら?

ソーセキ君との初対面

八年前にアメリカ在住の姉の初孫が誕生した。その名を知らされて私はぶったまげた。写真を見ると生れたての赤ん坊は目こそつむっているもののムチムチと肥えていて、さぞや腕白小僧になるであろうと思わせた。

赤ん坊の名はアレハンドロ・ソーセキ・マックレーン。アレハンドロは英語読みすればアレクサンダーだが、赤ん坊の母マリアがスペイン系なのでスペイン読みにした。ソーセキは日本人である彼の高祖父夏目漱石に因んだ名で、これは中国の故事から引用されている。マックレーンはアングロサクソンの苗字。スペイン、日本、中国、英国とさすが人種の坩堝《るつぼ》アメリカならではの名である。その上に大王と文豪が詰め合わされたド派手な名である、と当時驚きつつ感心させられたのである。

そのソーセキ君と今夏初めて会った。父健（Ｋｅｎ）と母マリアに連れられて来日した彼は八歳にもなるというのに腕白どころか甘えっ子で母親の後ろから私をそっと見上げるような気の弱そうな坊やである。

毛髪が漆黒《しっこく》だからか瞳が大きく彫りが深いが東洋人と言っても通る顔である。おまけに半ズボンのゴムが緩いのか時々ずり落ちるのを両手でたくし上げる仕草が何ともださい。いかにも田舎から出てきましたというお上りさんに見える。実際彼等三人はアメリカ西部の州立大学と木材が主産業の田舎町からやってきた。それにしても両親そろってアメリカ西部の名門スタンフォード大学出身の医者で、金持でフランスの学校に通っていて仏語もスペイン語も母国語同様に喋れると聞かされていたので、もっと洗練されたスマートな坊やを想像していたのでオカシかった。

日本に到着した翌日、三人と、私がかつて住んでいた井の頭線のE駅の改札口で待ち合わせた。行き先は駅前の銀行である。そこにアメリカの大学の先生をしていた姉、即ちソーセキ君の祖母が預金をしていた。姉は講演や著書の出版などで得た日本円を預金して日本滞在中の小遣いやホテル代に当てていた。姉が昨年十一月に八十七歳で亡くなった。それで姉の預金を息子の健が相続して口座を閉じ、現金を本国の自分の口座に送金する手続をしようというのである。

早速に健が持ってきた幾つかの証明書などを、待っていてくれた相続係の女性Hさんに渡す。健はHさんが次々に渡す書類にせっせと記入していく。その時間のかかること。またたく間に二時間半が経過した。

その間、ソーセキ君とマリアはじっと本を読んでいる。倦《あ》き倦きして、行内を走り廻ったり大きな声をあげたりするかと思いきや、眉根に皺を寄せて学者然として読書に熱中している。野暮ったいけど頭は良いのかも。

こんなに時間がかかるとは思わなかったので渋谷駅の上のホテルの二十五階にあるフレンチレストランにランチの予約を一時に入れておいた。ソーセキ君の空腹も頂点に達したことと察し、仕事を中断して四人で渋谷に行った。

驚いたことにマリアもソーセキ君もベジタリアンであったのである。マリアは海老は食べると言って海老料理を選ぶ。パンと野菜サラダはセルフサービス。ソーセキ君は前菜のマッシュルームとアスパラとシュリンプ入りのテリーヌに空腹の余り少し手をつけたが半分はマリアが食べた。メインディッシュも殆どマリアが食べる。ソーセキ君はパンを何回も取りに行って勢いよく口に詰め込んでいる。野菜サラダも取りに行ってはバリバリと貪り食べている。

食べ終えるやゆっくり休む間もなく銀行に逆戻りをし、健は再び新しい書類に書き入れ始める。すべて終了した時には四時半を廻っていた。それでも一日以内で済んでよかった、とHさんに言われた。

「サンキュー」と健が深々と私に頭を下げた。今日一日銀行に閉じ込められてしまって気の毒だった、と同情すると、まだ時差ボケが治っていないし、暑いから観光するよりよかったかもしれないと答える。これから新宿の都庁をはじめとする高層ビル街に行くという。案内したかったが、私も疲れ果てたので帰宅した。ソーセキ君は新宿で何を食べたのだろう。

翌々日、浅草と銀座に行ってきたという彼等は夕方五時に拙宅近くの寿司屋にやってきた。「もうお腹ペコペコ」と健が拙《つたな》い日本語でいう。ソーセキ君は細かい店の立ち並ぶ浅草の仲見世《なかみせ》がひどくお気に召したとか。

さてさていよいよ寿司を食べる段になると、三人がまず注文したのはただの水。それからマリアは太巻（海老と卵ときゅうりと干ぴょう）一本、ソーセキ君はカッパとアボカドの細巻二本、更に追加してアボカドときゅうりを一緒にした細巻一本。その細巻の上にたっぷりガリを載せ、上手に箸で摑み上げ小皿のしょう油につけてパクパク口に運ぶ。健も寿司は一応食べるのだが、「お豆腐ないですか」などと訊く。うんと御馳走したいと思っていた張り合いも失せた。こちらの食欲も減退していつもの半分も食べられない。その夜の寿司代の安かったこと！

翌日彼等は京都に発つと言った。京都で手ぐすねひいて待っていてくれる知人も、さぞやもてなし甲斐のないことよ、とガッカリする様が目に見えるようであった。

長岡についての三話

◆田舎に行く

はじめて長岡（といっても、いまではレッキとした長岡市内だが、当時は古志郡《こしぐん》という長岡市の郊外で、私達は田舎と呼んでいた）を訪ねたのは五、六歳の頃だったと思う。両親に連れられての初の長旅であった。

いつか田舎へ行きたいという想いは、もっと前から芽生えていたように思う。毎年冬になると、私より一まわり以上も年上の兄や姉達がスキーに行くといっては、長岡の在にある父の生家に出かけて行き、帰ってくるとひとしきり田舎の話に花が咲いたから。しかし、もっと決定的に私の気持を田舎へ惹きつけたのは、三歳か四歳の時の冬ではなかったか。

父の弟である叔父が戦死して葬儀に参列する為に、私ひとりを残して家族全員が田舎へ行ってしまったことがある。両親、姉二人、兄二人の総勢六人ともなると葬儀に行くというのに、何やら華やいでみえた。確かに四つ年上の兄などは、両親の腕にぶら下がってはしゃいでいた。私はお手伝いに手を引かれ駅まで見送りに行き、別れぎわに、

「お利口さんにしていてね」

と母に頬ずりをされ、こっくりと頷いたものの、内心ベソをかいていた。いつか大きくなってきっと田舎へ行くんだと、ひそかに地団駄を踏んでいた。

それほどまでに行きたかったはずなのに、いざ実現となると八、九時間も揺られる汽車ではじまる田舎への旅は、恐ろしく退屈なものであった。祖母をはじめ叔父、叔母、従兄弟、従姉妹達のことなど、その時逢った人達のことを何一つ憶えていない。

退屈だったということのほかにぼんやり記憶にあるのは、宮内《みやうち》駅から父の生家までの一里の道を人力車に揺られて眺めた、目前に迫ってくるような山の連なりと、法事でもあったのか、だだっ広い座敷に沢山のお膳が並べられている光景だけである。おかしなことに、帰りに上野駅で、迎えに来てくれた長兄に背負われた時に靴を片方落としてしまい、懸命に探したが見つからず、

「良い靴だったのに勿体ないわねえ」

と惜しそうに言った母の言葉だけが、今でも耳の奥に残っている。

二度目に田舎に行ったのは、その翌年か翌々年の夏である。私はもう幼稚園に通っていた。夏休みに入るとすぐに、まだ独身だった父の一番下の弟である叔父が迎えに来て、私とすぐ上の兄を連れて行ってくれた。着いて一日か二日して、たまたま訪ねた叔母の嫁ぎ先でひどい下痢をともなう高熱を出し、そのままそこで病床につくことになった。叔母の一家も、幼い闖入者《ちんにゅうしゃ》にさぞ迷惑されたことと思う。

叔母だか従姉だかお手伝いさんだかが、隣りにつき添って寝ていてくれたが、ここは吾が家ではないのだからこれ以上の迷惑はかけられない、という気がしきりに働いた。夜など、彼女達の手をわずらわすまいと、そっと手洗いに行ったが、何しろ高熱で腰が抜けて立てず、やっとの想いで這って行った辛さを思い出す。

いくらか良くなって祖母の家に連れ戻され、そこでまた何日か寝かされた。全快には間があるが、そろそろ食欲が出はじめた頃に腕白盛りの従兄弟達が入れ替り立ち替り、西瓜やとうもろこしをこれみよがしに手にして現れ、私の目の前で食べようとするのを、兄が、

「末利子はまだおかゆしか食べられないのに、可哀想じゃないか」

と通せんぼをしながら阻止してくれた。親が呼びよせられなかったのだから、私の病気は大したことはなかったのだろう。しかし、旅先で患うというのは心細いかぎりで、相当のお茶っぴいであった私も、さすがにこたえ、この時ばかりは神妙にならざるをえなかった。楽しかろうはずの田舎の夏休みは、悲惨な旅に終ってしまった。

三度目は昭和十九年十一月である。旅行者としてでなく住人になるためであった。一家を挙げて疎開者として移り住んだのだが、まさかそれから十年余りも住みつき、長岡が私の第二の故郷になろうとはそのときは思いもしなかった。

みぞれまじりの冷たい雨が降り続き、来る日も来る日も太陽を拝めない、一年中で一番嫌な季節であった。十二月の半ばに降った雪はそのまま根雪となり、翌二十年にかけては記録に残る豪雪となった。最深で二メートル九十五センチにもなった積雪（もあるが、屋根からの雪下ろしで溜った雪も道路を作るためにどけられた雪も含む）は、私達が借りていた二階家をすっぽり埋めてしまった。村のお年寄りが「何か悪いことが起る前兆だ」と言ったが、なるほど二十年八月一日には長岡市は空襲を受けて全焼し、十五日に日本は敗戦国となった。

しんしんと雪の降り積る深夜、ふと遠くから風に乗って聞こえてくる汽笛に、

「ああ、東京に帰りたい」

と、何度枕を濡らしたことだろう。

東京育ちであった母にしてみれば、その思いはもっと強烈であったろうと思う。その年、彼女は一歩も外出出来なかった。雪道を歩く術《すべ》を子供の私ほど簡単には体得出来なかったからである。しかし後年、その彼女が目に涙を浮べて、長岡の雪を、そして長岡そのものを懐かしがった。

「あんなに苦労したのに？」

と、意外だっただけに胸にこたえた。憂うつな気象条件のみならず、閉鎖的で排他的であった長岡は、よそ者の母にとって決して住み易い土地ではなかったはずである。

今でも東京での雪の無い正月を身に沁みてありがたいと思う。たまに訪れる長岡を決して魅力的な街とは思わない。にもかかわらず、ノッペ（里芋など様々な根菜を煮て葛《くず》でとろみをつけた煮物又は汁）などを突つきながら、

「酒は辛口に限る」

と、「越乃寒梅」や「八海山」や「久保田」や「吉乃川」で一杯やる時、具沢山の雑煮で祝う正月を迎える時、そして越後以外の土地で越後訛りの人に出遇って言い知れぬ懐かしさを覚える時、私は沁《し》み沁《じ》み思うのである。

私の故郷は越後なのかしらと……。

◆大空襲の夜

その日、父母と姉と私は父の生家、村松の本覚寺を訪れていた。盆参という寺としては一年中で一番大きな行事が催され、本堂やそれに続く座敷からあふれた檀家の人たちが、回廊までも埋め尽していた。庫裏《くり》も手伝いの人たちでごった返していた。戸は開け放たれていたが、容赦なく上る気温と人いきれでむせ返るように暑かった。

夕方になると人の波が引き、暑さも幾分しのぎやすくなった。夕食後、父は一人で帰宅した。当時中学生だった兄は勤労動員で、その夜、北長岡の軍需工場で働いていた。夜勤明けで帰宅する兄を出迎える者がいなくてはかわいそうだと、一里の道を歩いて父は曲《まがり》新町《あらまち》の自宅に帰ったのだと思う。

その夜、私たち三人は早々と眠ってしまった。どのくらいたったころか周囲が騒々しくて目が覚めた。田舎のことだから人家もまばらで、そのうえ、寺の境内は広い。日が沈むとカエルの鳴き声しか耳に入らぬほどに静まり返ってしまうのが常であった。空襲警報のサイレンや飛行機のごう音で目覚めた、という記憶はない。

窓を開けると、やみ夜を旋回している色とりどりの電光がまず目に入った。色鮮やかな電光は星の数ほど無数に見えた。時々赤い火を噴いて焼夷弾が、自在に飛び交う電光から降ってくるのが見えた。なぜ爆撃機Ｂ29が赤青黄緑とさまざまな色の光を放ちながら爆撃していたのか、今もってわからない。私にはＢ29がお祭り気分で楽しげに焼夷弾をまき散らしているように見えた。地上からはめらめらと燃えたつ巨大な炎の柱が天を射るようにそびえ立ち、やみ夜を真っ赤に染め上げる。街全体が炎に包まれるのを私は初めて見た。あの大空襲で命を落とされた方、命からがら逃げまどっていた方を思えば甚だ不謹慎なことだが、その規模といい、華やかさといい、後にも先にもあれほど壮観な光景を私は見たことがない。息をのむほどに美しい眺めであった。

「きっと新ちゃん（兄のこと）死んじゃったわねえ。あの火の中で」と母がぽつんと呟いたが、だれも悲しいとは思わなかった。肉親の死にも麻痺して何も感じない異常な時代であった。私は別に怖いとも悲しいとも思わなかったが、歯の根が合わず全身が小刻みに震えていつまでも止まらなかったのをおぼえている。

間もなく階下の勝手に、昼間手伝いに来ていた村人たちが再び集まって、祖母の陣頭指揮のもと長岡への炊き出しが始まった。お供え物として本堂に積まれていた米が次々に下ろされ、炊かれ、握り飯の山ができた。

昭和二十年八月一日のこと、私が十一歳の時であった。

パールハーバーを奇襲攻撃した山本五十六《やまもといそろく》の生地だから長岡が爆撃された、ということを後で聞かされ、アメリカ人の執念深さに驚かされた。

翌朝、父が宮内駅付近まで様子を見に行くと、焼け跡の中からふらふらと兄が帰ってきたという。無事な兄の姿を見て父はどんなにほっとし、うれしかったことであろう。

今の八月の長岡まつりは、もともと長岡空襲の悲しい日を長岡市復興へのバネにするため、長岡市戦災復興祭として始まったと聞いている。戦争で中断していた長岡の花火も、空襲の翌年の夏にはもう再開されたように思う。それから毎年夜空を飾って、いまはすっかり名物になっている。

長岡にいたころ、私も何回か夜空に開く華を見た。しかし三尺玉であろうとスターマインであろうと、あの空襲の夜の強烈な華やかさには遠く及ばない。アメリカの怨念と、貴い命を奪われつつある長岡市民のうめき声とが、たがいにぶつかり合う緊張を、あの異常な時代の異様な美しさに感じ取ったわけではない。しかし、長岡まつりの季節になると、私は花火よりも先に大空襲の夜の悲しい美しさを思い起こしてしまう。戦後四十余年もたったいまも。それが悲惨な戦争を経験した者のつらい性《さが》ということなのであろうか。

◆二十四名の稀少価値

長岡高校にはじめて女子生徒が入学したのは昭和二十五年のこと。その時の女子生徒数は七名であった。翌二十六年、私が入学した時には幾らか増えて、全入学者数三百六十人中の十七名となった。それでも千名を越す全校生徒数からみて女子生徒数は僅か二十四名に過ぎなかった。

私が入学した年に創立八十周年の記念式典が執り行われた。明治五年に長岡洋学校として開校した旧制中学校の「質実剛健」「和而不同」という伝統的な校風が残っていて、男子生徒は全員丸坊主、真冬でも裸足という校則が忠実に守られていた。しかし女子生徒には校則はあってないに等しく、私達は上ばきを履いていたと思う。男の子達は高い朴歯《ほおば》を鳴らしながら通学していたし、私達女子生徒もそれを真似てか、あるいは単に物の無い時代だったからか、カラコロと下駄履で通学していたように記憶する。蛮カラ一色で、女が入り込む余地などない所へ入ってしまったから、学校側の戸惑いと女子生徒への気の遣いようは大変なものであった。私達は最初から最後まで、学校と男子生徒の大切な客人として、下へも置かぬ手厚いもてなしを受け続けたような気がする。

女子専用のトイレや更衣室を新築するのは致し方ないとしても、将来良い奥さんになろうなどという殊勝な女などいなかったので、結局は無用の長物になってしまったミシンや調理器具や調理場まで整えて、学校は私達を迎えてくれた。

時代から言っても、保守的な土地柄から言っても、男女共学が余程珍しかったのかもしれないが、体育の時間に女子生徒がプールに入ると、プール脇の教室で勉強をしている三年生が窓から一せいに顔を出し、しばらくは授業など出来ないほどのパニックに陥ったものである。年頃の男の子達の、年頃の女の子達への関心は、まことに凄まじいものであった。

特に美しくもなく、才能もなかった私など、女の園に突っ込まれたら、まったく目立たぬままに埋もれてしまうのがおちなのに、その私でさえ、めっぽう（一時は自分が美人なのかしらと錯覚を起こしそうになるほど）もてたものだった。これは千対二十四の中の一人だからこそ味わえた僥倖《ぎょうこう》と言うほかない。

だから、担任の先生は何か間違いが起きたら大変と、いつも張りつくようにして私達女子生徒を監視していた。今ならそれをありがたい親心と理解もし、感謝をしたかもしれないが、当時はその先生がうっとうしくて窮屈で、ただただ反抗を試みた。監視の目を盗んでは男の子達の誘いに応じて映画を観に行ったり、ハイキングに行ったり、海水浴に行ったり、ラブレターの交換をしたりと、当時としては画期的な男女交際に余念がなかった。おかげで不良という不名誉なレッテルを貼られたし、もっと勉強すべきだったという後悔も大きい。しかし先生の信頼を裏切るというスリリングな快感も加えて、それらの思い出は私の高校生活に欠かすことの出来ない彩りを添えた。

出席日数が足りなくても、女子生徒は落第させる訳にはいかぬ。成績が悪くても女子生徒に落第点をつける訳にはいかぬ。酒を飲んだり、煙草を吸ったり、その他の不良行為をしても、男子生徒なみに女子生徒を停学や退学処分にする訳にいかぬ。というのが暗黙のうちに了解されていて、女子生徒が問題を起こしても表沙汰になったことはなかった。担任の先生が、校長以下全校の先生に頼み込んで、事件を収めてしまい、当人は教員室に呼ばれて軽くお説教をされるだけという不公平がまかり通った。しかしそれを不満として学校側に文句をつける男子生徒など、一人もいなかった。

こんな過保護な特別待遇を受け、女子生徒達はずい分増長していたように思う。大勢の男子生徒達はいつも少人数の女子生徒達に遠慮をしていた。

男の保護というぬるま湯に肩までどっぷり浸って、居心地の良い三年間を過ごしたおかげで、困ったことに、私は努力をしない人間になってしまった。ババアのスリーS《エス》と私が呼ぶ皺としみと白髪に覆われた顔になった今でも、同窓会、同期会、クラス会に出席すると、当時より更に人数の少なくなった女達を囲み、男性諸氏はサービスの限りを尽してくれる。

やれサービスが悪いの、尽し方が足りないのと、折あらば亭主を締め上げる横暴な女房になる素地は、思うに長高時代《ちようこう》の三年間に培われたもののようだ。因みに吾が亭主は長岡高校の同窓生である。正確には男ばかりの長岡中学校卒の先輩である。

「僕の女神サマ！　あなたの奴隷になりたい」

という殺し文句に釣られて、うっかり結婚してしまったが、現実はそれほどには甘くなく、亭主の奴隷になっている吾が身の哀れを託《かこ》つ時の方が多い。

笹団子

東京の和菓子やさんの店頭から柏餅が姿を消す六月になると、吾が家には一月遅れの端午の節句を祝う笹団子とちまきが越後の親戚や友人から送られてくる。

ダンボールの箱を開け、ビニールの袋の口を切ると、ほのかに笹の香りが立ち上る。袋の中には餡入りの俵型をした笹団子とふかしたもち米の三角のちまきが入っていて、上からそっと押すと指の形のへこみができるほど柔らかい。

戦前私達一家が東京に住んでいた頃、毎年六月になると父方の祖母が手作りのちまきを送ってくれた。そうやっておくと日保ちがよいとかで、水を張った洗い桶の中にちまきが沢山漬けてあった。そこから一個を取り出し笹をむき、三角のもち米のかたまりにきな粉をまぶし「田舎のお祖母ちゃまが作って下さったのよ」と言いながら、一口大に切って母が私の口に入れてくれたのをおぼろ気に憶えている。

私がその存在をしかと見知ったのは昭和十九年に長岡の在に疎開してからである。正確にはあと二カ月で終戦を迎えようという翌二十年の六月であった。

越後の六月は雨期ではない、雪の降る直前、霙《みぞれ》まじりの冷雨の降り続く十一月から十二月にかけてが雨期である、といつか父方の叔父が言っていた。六月には吾が村の周囲一面を覆い尽す真青な若い稲がまぶしい陽光を浴びてきらきらと輝き、その上を初夏の風が無数の緑の襞《ひだ》をおりなしながら縦横無尽に吹き抜けていった。

そんな午後、村の小さな社の森に、学校から帰ってきた子供達がそれぞれ自家製の笹団子を持ち寄って食べていた。バナナの皮を剝くお猿のように燥《はしや》ぎながら、笹の中の青黒い艶々した団子をうまそうにパクついていた。彼等は、生唾を飲み込みながら空腹に耐えている疎開っ子の私を嗤って見下すだけで、決してくれようとはしなかった。排他的な土地柄で「他者《よそもの》にやるものは無いのう」と村人達はなかなか米や野菜を母に売ってくれなかったという。饑《ひも》じがっている自分がみじめったらしく見えるのが癪で、絶対に頭を下げてなるものかと、田圃の中の一本道を歯を食いしばって帰ってくると、赤ん坊を背負って紺絣《がすり》のモンペをはいた隣家の若いお嫁さんが小走りに近付いてきて「おばばに言わんでくんなせえ。早《はよ》う」とこっそりと三個の団子を手渡してくれた。帰宅してから父母にも兄にも見せずに、こっそりと貪り食べた団子の味は憶えていない。砂糖のない時だから餡は塩味だったに違いない。だが温湿布で痛む所をくるむように、みじめな私の気持を癒してくれた彼女の温かさとあの時の彼女の素足の白さを私は今も忘れていない。

作って、としつこく私にせがまれて、戦争が終った翌二十一年、見よう見真似と聞き覚えで母が笹団子作りを開始した。この年も餡は塩味だった。作り終えて一時間も経たないうちにかたくなってしまったり、ぷつんぷつんと切れてしまう弾力性のない皮生地を作ったり、皮から餡がはみ出したり、笹の間から団子が覗いたり、きちっと紐が結べなかったりと、母の初期の頃の作品はいかにも不様《ぶざま》であった。笹取りは私の役目。裏庭の笹藪をがさごそとかき分けて踏み入ると、足許でにょろっと光るものが動く。蛇だ！　竦み上がって足が止る。キャーッと逃げ戻って一時中断する。必要なだけの笹を調達するのも並のことではなかった。

翌々年には赤いざらめが配給になって、漸く餡が甘くなった。チョコレートが宝物のような時代だったから、甘い餡が食べられるだけで家族中が幸せを感じた。

しかし人間の味覚とは正直なもので、材料が徐々にでも豊富に出廻ってくるにつれ、ぐんぐんと贅沢になっていく。母はより味のよい団子作り、即ちより上質な皮生地や餡作りに取り組まざるを得なくなった。もともとが各家々で作り伝えられてきたのであるから、味や作り方にこれと決った手本などない。以前は皮生地には上糝粉《じょうしんこ》しか用いず、それに弾力性と防腐性を加えるためにごぼうの葉と呼ばれる野草の葉を入れてこねていた。が、試行錯誤の末、母は完璧な比率で上糝粉のほかに糯米《もちごめ》や白玉粉や砂糖を混ぜ合わせて、しっとりとした肌理の細かい生地を作ることに成功した。これを使うと皮は十日以上柔らかいままである。

強火であずきを煮ると、薄皮がくるりと剝離する。薄皮を捨て、中身だけで漉し餡を作り、砂糖を入れてじっくりと練る。するとあくのない薄紫色の上品な餡ができる。母は一度砂糖と塩を入れ違えたことがあったそうだ。あわてて餡を水に晒し、塩気を抜き、砂糖を入れて練り直したところ、絶品とも言える餡ができたという。「老舗の秘伝なんて案外こんな怪我の功名から生れるのかもしれんね」と後日父は語っていた。しかし量が減り過ぎて勿体ないのと、手間がかかり過ぎるのとで塩と砂糖を入れ違えた餡は以後二度と作られたことはない。

当時の私は食べる一方で、作ることにはまったく無関心。だから手伝いもしなければ、材料の分量やこね合わせ方などを訊いて書きとっておくということをしなかった。毎年時期がくると、一度は私も挑戦を試みるが、度重なる研究の結果母が編み出したあのすべすべした羽二重のような皮生地はどうしても作れない。

今では越後みやげとして上越新幹線の車内でも駅のキヨスクでもデパートでも売られていて、欲しければ一年中どこででも笹団子は手に入る。従姉や友人も、新潟や長岡市内の名店のものを送ってくれるから、その美味しさはどこと言って難のつけようがない。

しかし、五十年前に隣家のお嫁さんがそっとくれた三個が私にとっては世界一素晴らしい笹団子であった。それと、子の欲目と笑われるかもしれないが、母が考案した笹団子ほど美味しい和菓子を私は食べたことがないような気がしている。

漱石の食卓

私の母・筆子は結婚して初めて父のお客様に食事をお出しした時、おもてなしの仕方をよく知らず驚いたと、いつか父が言っていたことがありました。日本酒の燗をつけるぐらいのことは知っていたのかもしれませんが、酒を酌み交わしている客人と主人が一通りの料理を食べ終えた頃を見計らって、

「そろそろ御飯にいたしましょうか?」

と御飯と吸い物と香の物を運んでくるという和食のもてなし方の仕来りを知らず、最初から御飯を盛った茶碗を客人の前に並べてしまったというのです。

彼女の父親である漱石が酒飲みでなく、晩酌などを楽しむ人ではなかったので、筆子には娘時代にお酒飲みの人のもてなし方を身につける機会が無かったのだと思います。漱石の生前、筆子は彼女の記憶する限り、ほとんど父・漱石と夕食の食卓を共にしたことがなかったといいます。筆子を筆頭に二歳おきに七人もの子供がいたのですから、子供達が幼

い頃には漱石を中心に家族全員で和やかに食卓を囲むなどということは無理だったと思いますが、彼女が年頃になってからも同じ屋根の下に住んでいながら、ほとんど父親と一緒に夕食を摂った記憶が無いというのは、何とも寂しい父娘に思えてなりません。

子供達は全員で茶の間の大きな卓袱台《ちゃぶだい》のまわりに座り、それこそ蜂の巣をつついたように、がやがやわいわいと、御飯をこぼしたり、お芋をころがしたりと、大騒ぎをしながら食事をしたようです。そこへ漱石が書斎から現れて、

「どれどれ、今日は何を食べているのかね」

とお菜を覗きにくるのだそうです。

漱石はその卓袱台の脇に小さなお膳を設《しつら》えてもらって食べるか、あるいは書斎に運ばせて食べるかどちらかだったそうですが、いずれの場合も妻の鏡子かお手伝いがお給仕に侍《はべ》っていたそうです。習慣とは言え、誰が侍ろうと一人きりでする食事の美味しい筈がなく、味気ない食事が一層彼の胃を脆弱にし、彼の寿命を縮める原因の一つになったのかもしれません。

肝心の食卓の上は一汁二、三菜に漬物で、そのうちの一菜は一日おきに交代で出される魚か肉の料理、もう一菜はほうれん草の胡麻和えとか、芋の煮っころがしとか、精進揚げといった野菜料理だったそうです。鏡子が時に薩摩芋を細かく切って天麩羅に揚げ、それ

を翌日の筆子のおべんとうのお菜につめると、筆子はそれが嫌いで、鏡子に見つからないようにそっと出し、たくあんとつめ替えて、学校に持って行ったといいます。

後年、筆子の従妹の千鶴子《ちずこ》（漱石の兄・直矩の娘）が、

「あの細かく切ったお芋の揚げたの、美味しかったわ。あれが食べたくて私、筆ちゃん家《ち》に行ったのよ」

と言って母を驚かしたことがあります。

漱石は関係が深くない人には礼儀正しく、親切だったのですが、自分の身内には近くなるほど冷淡で愛想が悪かったようです。ある日、この千鶴子が遊びに来て縁側で筆子と遊んでいると、書斎から漱石が出て来て、

「あら、あなたどちらのお嬢さん？　筆子のお友達？　お住いはどちら？」

などと盛んに猫撫で声を出して、二人の中にまざりたがるのだそうです。鏡子が吹き出しそうになるのを堪えて、

「嫌ですねえ、あなた。矢来のお兄《あにい》さんとこの千鶴ちゃんじゃありませんか」

と窘《たしな》めると、なあーんだ、そうか、と言って途端に不機嫌になり、漱石は書斎へ引き上げてしまったそうです。

漱石は兄・直矩一家を好ましく思っていないようでした。学生時代、直矩夫婦と同居し

ていた時、嫂《あによめ》が冷たい人で冬の夜遅く帰宅してもお湯も沸かしてくれず、火の気のない台所で一人で冷飯を茶碗に盛り、冷たい汁をかけて食べた寂しさがいつまでも記憶にあって、時が経っても彼等を快く受け入れることが出来なかったのだといつか筆子が言っていました。

しかし、過去の怨みを脇にどけてこの直矩の定年後、ずっと生活費の一部を直矩に渡し続けていたのですから、漱石という人は偉い人だったのだと思います。

「もうあなた達への御恩はとっくに返した筈です」

と渋い顔をした漱石が、項垂《うなだ》れている直矩に封筒を手渡している光景を、筆子は見たことがあるそうです。もっと偉いと私が思うのは、人々に悪妻とみなされていた鏡子です。彼女は漱石が逝った後も、直矩一家に同額の援助を続け、その上、直矩の長男が大学を卒業するまでの学費を負担したり、千鶴子の嫁入り仕度をすっかり整えてあげたりしたのだそうです。

食べ物のことから少し脱線しましたが、漱石が好んでよく食べたのは豆だったそうです。特に砂糖をまぶしたピーナツが大好物で、散歩の時などそれを着物の袂に入れ、胃弱だというのに、袂からその豆菓子を出しては、いかにも美味しそうにぽりぽりと食べていたということです。鏡子も変った人で、昼間は家事や子供の世話や接客に追われてゆっくり休む暇がなかったからかもしれませんが、夜になると、寝床の中にお菓子を持ち込んで、横になりながら、新聞を読んだり、大衆小説を読んだりして、むしゃむしゃと食べていたそうです。新聞の連載小説が読みたいばっかりに鏡子は何紙もの新聞を購読していたといいます。そんな不摂生をして八十七歳まで生きたのですから、鏡子の方は余程胃が頑丈だったのでしょう。

こう書いてくると漱石が若い時から一人きりの寂しい食事しかしなかったように思われるかもしれませんが、どうして来客の多い家で、客人とはよく食事を共にしたようです。『吾輩は猫である』のモデルになった猫がなくなった時には手厚く葬ってやり、翌年から命日には必ず法事をしてやったそうですが、その法事の時とか、お弟子さんが大勢集まって食事をする時には大抵神楽坂の「川鉄《かわてつ》」から鴨鍋をとったそうです。未だ若いお弟子さんが多く、皆煮えるのも待ち切れず、ふーふー言いながら熱いお鍋をつついていた姿が目に浮ぶ、といつか筆子が懐かしそうに語っていました。

そんな時は皆お酒も飲んだでしょうに、鏡子は一体、どんな出し方をしていたのでしょう。

もう二十年以上も前になりますが、鏡子の一周忌だったか漱石忌の法要の折だったかに親戚一同で「川鉄」へ足を運び、熱い鴨鍋をつついたことがありました。あの時は私の両親も、恒子を除く母の妹弟も皆健在でしたが、漱石の子供と孫が全員で集まったのはそれが最後になりました。それから二、三年後に母の弟の伸六がこの世を去ったのをきっかけに、母の妹達も次々と亡くなって、昨年（平成元年）七月には筆子も亡くなり、今では数多くいた漱石の子供も、長男の純一を残すだけとなりました（注・平成十一年二月没、享年九十一）。

夏目家の糠みそ

二月のある日、『食は文学にあり』という番組を作っているテレビ制作会社から電話を貰い、祖父漱石と彼の弟子達は木曜会（漱石の面会日）に何を食べていたかと尋ねられた。料理の鉄人道場六三郎《みちばろくさぶろう》氏が鷗外と漱石が当時食べていた料理を再現し、それをゲスト達が食べるのだという。

私の両親は漱石没後に結婚したので、私には漱石との接点がない。木曜会には「川鉄」という神楽坂の鳥料理やから鴨鍋をとっていて、まだ若いお弟子さん達が煮えるのを待ち切れずに、半生の野菜や鴨をふーふーと吹きながら貪っていたのを思い出すと懐かしそうに目を細めて母が語っていたのをそのまま告げ、「だから『川鉄』に取材にいらしたら」と勧めた。

既に調査済みなのか、「川鉄」は今はないと先方は言う。祖母鏡子の一周忌だったたか、その年の漱石忌だったたか、はっきりしないが、元気だった両親や叔母叔父や従姉弟達と連れ立って、私も一度だけ「川鉄」へ行き、鴨鍋を突《つつ》いたことがある。昭和三十年代の終りか、四十年代の初めだったと思うが、少なくともその時まではあったのにと、明治時代からの老舗が消えてしまったことを少なからず寂しく思った。

それではと、漱石存命中の夏目家の夕食は一汁二、三菜に香のもの、メインディッシュは一日置きに魚と肉料理、即ち今日が焼き魚なら明日は炒めた肉とかで、副菜に芋の煮っころがしとかごま和えとか酢のもののようなものがついた、と母から聞いたことを、これもそっくり伝えた。ありきたりだが、バランスのとれたよいメニューである、と私は思うが、これでは道場氏に腕の振るって貰いようがないからか、先方はてんで興味を示さない。

あ、そうだ！　その時ふいに思いついたのが吾が家の糠みそ。これは曾祖父、祖母、母から私へと吾が家で唯一江戸時代から受け継がれてきたものであるから、漱石も食べたに違いない、と言うと、先方は俄然乗り気になり、是非それを撮らせて欲しいと言う。

「いいですよ」と安請け合いをしたものの、撮影にくるという日までの一週間が大変な日々となった。何しろ秋から春先にかけては白菜の塩漬けを食べるのが吾が家の慣わしで、その間糠床の容器は密閉される。昨年の秋の終りに多少多めの塩と唐辛子と大量の糠を足して蓋をし、その上からビニールの風呂敷を被せ、きっちりと蓋の下を紐で縛った。

水分の殆どない、塩辛いだけの糠床はパサパサを通り越してカチカチになっているに違いなく、到底野菜など漬け込める状態ではないはずだ。

あんまり頼むので止むを得ない。早速に蓋を開け、大豆一掴みと出し昆布数枚を固い糠床に押し込み、多分これはまずいだろうし、漬かるのに時間を要するだろうなと思いつつ、蕪とその葉を押し込んだ。春秋は七、八時間、糠みその本番である夏場は四時間ぐらいでいいが、食べ頃に漬かるには恐らくこの陽気だと一昼夜はかかるだろう。この時期に漬けた経験がないので見当がつかなくて困る。その夜から野菜や魚の煮汁、すき焼きの残り汁、カレーの残りなどを片端から糠床に染み込ませる。三、四日経つと、しっとりと潤ってきて糠漬けの味もぐーんとよくなってきた。普段でも常に私は煮ものの残り汁は入れるし、野菜から出る水分で糠床が水っぽくなって糠や塩を足す時には必ず大豆と出し昆布と唐辛子を入れ、栄養補給を怠らないよう心掛けている。

露地もののきゅうりと秋茄子がほしいところ。欲は言えないから茄子ときゅうりと大根と蕪を買ってては毎朝晩漬けまくる。野菜を出し入れする回数を増やすことで、必然的に底からかきまわされ、糠床はどんどん美味しさを増す。こうなるとシャカリキである。食べ切れぬ糠漬けは隣人達に貰ってもらうしかなかった。

当日が来て、嵐山光三郎《あらしやまこうざぶろう》氏以下テレビの一群がやってきた。ディレクターの指示に従って、糠床の容器を流しの下から引きずり出し、客間のテーブルの上に置く。容器の蓋を開けると、嵐山氏が「おー、甘いよい香りがしますな」と言い、いかに手入れが行き届いているかが分ると褒め賛える。

引き続き皿に盛った糠漬けを氏の真ん前に出すと、蕪を一切れぼりぼりと齧って、「うわー、美味しい！　まさに文豪食ですな」と細い目をさらに細めて氏は感嘆する。話が糠床の歴史に及ぶ。祖母が夏目家に嫁す時に実家から貰ってきたものを、母が夏目家から持って出て、それを私が貰って今日ここにある、と説明すると、「百年は続いている訳ですね」と氏は感慨深げに言う。

糠みその起源は平安時代にあると何かで読んだ記憶がある。まさか拙宅の糠床が平安朝から続いているとは思わないが、曾祖母の、その上の、またその上の代まで吾が糠床は連綿と遡れる気がする。そこで「いいえ、もっと。三百年は続いていると思いますよ」と主張して氏を苦笑させた。

五日後に私の漬物がスタジオへと届けられた。江國香織《えくにかおり》、池内紀《いけうちおさむ》、道場六三郎のゲスト諸氏は嵐山氏の説明によくぞ私が百年以上も前の糠床を保ち続けたと感激し、江國嬢は、こんな美味しい漬物が食べられただけで、この番組に出た甲斐があったと言い、道場氏も美味しいを連発したとか。そしてテレビ収録後は「へーえ、これ漱石が食べたの」とその場に居合わせた人達もわれもわれもと手を伸ばしたという。苦労が報われたと、私は大いに気をよくしたが、漱石は祖母が漬けたであろう野菜を食べたかもしれないのであって、私が今持っている糠床を食べた訳ではないので、私はちょっと面映《おもはゆ》かった。

いよいよ放映日、鷗外が記したドイツ語のレシピに従って森家が客人をもてなすために作るコース料理を道場氏が作っている。明治時代によくぞここまで本格的なものをと驚嘆させられる。それに比べると、吾が夏目家は漱石が相当喰い意地が張っていて、自宅でアイスクリームを作っていたほど美味しいもの好きであったようなのに、前述の鴨鍋を含め、ビーフステーキなど目ぼしい料理は大抵表から取っていたようで、祖母の性格を垣間見る思いであった。

『草枕』の一文の朗読をバックに、吾が糠床と糠漬けは主役然としてアップで登場する。うへー、私の顔までアップで映されているではないか。皺の多いのと深いのに愕然とする。

糠床は時代を経れば経るほど味がよくなるが、女の顔はそうはいかない、と痛感させられた。

糠みそ

これが宝物とは言えないし、泥棒には三文の値打ちもないが、大地震の時一番先に持ち出したいものがある。それは曾祖母、祖母、母から私へと、吾が家で唯一つ、江戸時代から受け継がれてきた糠床である。糠みそ漬けの歴史を繙《ひもと》いたことが無いので解らないが、この元種《もとだね》は曾祖母の世代より更に遡った所にあるのかも知れない。

私がもの心ついた頃から実家の食卓には、和風、洋風、中華風を問わずメインディッシュの脇には必ず色よく漬かった糠漬けがあった。戦前迄は殆どの中流家庭に女中と呼ばれた、今で言うお手伝いさんが何人かいたものだが、母の話によると、まずその娘さん達が長く家に居て貰うに足るかどうかを知る為に、彼女達の糠床の手入れの仕方を点検して決めたという。いつ樽の蓋を開けても不快な臭いなどせず、表面がきれいに平らにならされていれば合格というのである。娘の頃、台所の床板を二、三枚はずし、「糠みそって生きているのよ」と言いながら、跪《ひざまず》いて床下の樽の中に手を入れている白い割烹着姿の母を、私は何回か見たことがある。

　私の母方の女達は大体長命で、曾祖母が九十一歳、祖母が八十七歳、母が九十一歳でそれぞれ天寿を全うした。子供の頃、私は祖母の家によく行った。しかし糠床に手を入れるどころか、祖母が台所に立つ姿を私はついぞ見かけたことがなかった。祖母は味にはまったく無頓着で、祖父がこれはうまい、と褒めようものなら何日でも同じ料理を食べさせた人だそうである。母に糠漬けのこだわりを伝授したのが、大ざっぱで何事によらずこだわりを持ちそうにないこの祖母であったことが私には不思議に思えてならない。母の母であったことさえ不思議に思える。

　曾祖母の家にも母に連れられて一、二度行ったことがある。曾祖母はその時八十歳を疾《と》うに越していたと思われるが、子供の私から見ても豆粒のように小柄な人だった。きちっと着物を着こなし、正座を崩さず、耳に手をかざしちょっと小首を前に突き出して、母の話を聞いてから、「おやまあさようでございますか。ではこの方は、松岡さんとあなたの一番末のお嬢様で……」と自分の孫や曾孫に対してもとびっきり丁寧な言葉を遣った。いかにも江戸時代の武家の娘そのままの名残りをとどめた行儀のよい老女であったように思う。お歯黒をした若い頃の曾祖母がきりりと襷《たすき》を掛け、糠床に手を入れてかきまわしている姿を、私は容易に想像出来る。

何もいらないから糠みそだけ漬けておいてね、という友が何人かいて、彼女達は本当に私が用意した他の料理には目もくれず、これ、これ、この味なのよ、と言って大皿一杯の糠漬けをぱりぱりと食べる。いつか子連れで訪ねてきた友が、漬け物など好きでもなさそうな小学生の子供に、

「これは江戸時代から伝わった由緒正しい糠漬けだから、心して頂きなさいよ」

と厳かな顔をして言ったことがあった。その時のその子の迷惑そうな顔を今でも想い出す。

余りに美味しいから頂いていくわ、と吾が家から持ち帰る人、私が訪ねる時、みやげ物として持参して欲しいと頼む人がいて、吾が糠みそはあちこちに分家している。分ける時何だか大切に育てた娘を嫁に出すような、ペットの子を貰って頂くような気持になり、

「可愛がってやってね。そうすればどんどん美味しくなるから」と言って、母に伝授された手入れの仕方と増やし方のこつを教えて手渡す。
一、樽かほうろうの入れ物で保管すること。
二、茄子の色が綺麗に上がるように、古銭などを数枚入れること。
三、肉や魚の煮汁の残りを入れること。鯛の頭などを入れてもよし。

四、水気が増してきたら糠と塩を足し、その時一緒に出し昆布と大豆一掴みを入れる。
五、春秋は夜食べる分は朝に漬け込むこと。真夏は三、四時間位漬ければ充分である。
六、長期に使わない時は、塩と糠をたっぷり上に撒き、密閉しておくこと。
七、使わない日も一日一回はかきまぜること。
などなどである。

しかし貰って行った人の大半が虫が湧いたとか、黴《かび》が生えたとかで捨ててしまうそうで、やっぱりこの家のが最高ね、と言って再び吾が家に食べにやってくる。

私より年上で、漬物が無ければ食事をした気がしないと言う人達でさえ、スーパーでポリ袋に入った糠漬けを買っていく御時世である。ハンバーガーとスパゲッティとピザパイをこよなく愛している次の世代に、私のこだわりを押しつけるのは無理というもの、寂しいけれど私ははなから諦めている。

二十五年前の七月、私の父が午前七時に逝った。それは突然の死であった。葬儀その他でごった返し、その存在すら忘れていた糠床の樽の蓋を私が開けたのは父の死後一週間経ってのことであった。表面にびっしりと生えた黴を捨て中に手を入れると、親指ほどの丸茄子と、花のついた小ぶりの胡瓜の古漬けが数個出てきた。朝食用にと母が起きがけに畑からもいできて漬けこんだものに違いなかった。朝のテレビ小説でも観ながら、まるでつがいの鳥が餌を啄《ついば》むように二人して、母のこだわりをつつく姿が目に浮んだ。その時、そうだ、もはや私の母方の叔母達も従姉達も私の姉達も糠床を持っていないのだな、とふと思った。そして私は過去の女主人達の唯一の継承者として、少なくとも健康の続くかぎり、彼女達のこだわりを守り続けてゆこうと心に決めた。

増えた肩書き

たまに立派な肩書きがずらりと並べられた名刺をもらうことがある。多くの場合、それらの名刺には名誉職が本人の名前の右横上に連なって刷られている。私自身は名刺を持たない。持つ必要が無かったのである。趣味の延長の仕事で小遣い程度の金銭をもらった経験はあるが、自身を食べさせていけるほどの金額を稼いだことはなかった。

余り優秀な主婦とは言えないが、私の日常の七十五パーセントから八十パーセントは家事に消費されている。残された極僅かな時間に原稿を書く。起床するや机に向って書き始めることができたらどんなにいいだろうと毎朝思う。でも主婦の哀しさでこまごました雑事に追いまくられてから漸く朝食を摂る。と言ってもヨーグルト、乳酸菌飲料、バナナ、クッキー一枚を食べるだけであるから手はかからない。降圧剤を飲んでやれやれと一休みする。新聞に目を通したりしていると昼食の時間がくる。昼は、その日の気分に応じて和洋中華などさまざま。食べ終えて少し休んでから原稿書きに着手する。と、あっという間に夕方になり、食糧の買い出しに出かける。荷物を抱えて帰宅すると、がっくり疲れて居間のソファーに掛けてしばらく休む。一つ一つの行動の後の休む時間が最近とみに長くなる。それから買ってきた食材を焼くか、煮るか、炒めるかの最も単純な調理法で処理する。夕食を食べ終えてテレビでも観ていると眠くなるから床に着く。毎日こんな暮しを繰り返しているのだから、物書きのプロには到底なれっこない。結局は、ここでも趣味の延長をコチョコチョとやって小遣いを稼いでいるに過ぎない。

そんな風だから、原稿を書いたりインタビューを受けたりした時に担当編集者から「肩書きはどうしましょう」と訊かれると困ってしまう。家族はおろか自分一人さえ養っていけるほどのエッセイを書いていないのにエッセイストと名乗るのはおこがましいし、肩書き欄に書かれるのもかなり気が引けるのである。

さてさて長々と前置きめいたものを書いたのはなんのためであったかというと、わが糠みその肩書きが光栄にも増えたことをお知らせしたかったからである。

二〇一〇年十月三日に群馬県川場村《かわばむら》に皇太子殿下がお越しになられたという。その日を遡ること約四カ月前の六月に私も世田谷区民健康村である川場村を訪れ、「夏目家の糠床分与式」なる式典に参列している。川場村長、世田谷区副区長をはじめとする世田谷区と川場村のお偉い方々に見守られながら、私は婦人会の代表にわが糠床を一摑み差し上げたのである。その時の一摑みが婦人会の方々の手によってかなり増やされ、村営のホテルやレストランなどで供されるようになったのであろう。

殿下は第三十四回全国育樹祭に御出席なさったのである。その十二年前の五月に天皇皇后両陛下が植樹をされた。場所は沼田市と川場村にまたがる県立森林公園「21世紀の森」という広大な広場であるが、ゆくゆくは国有林並みにしようと地元の人々は意気込んでいるという。両陛下がお手植えされたひのきや杉の幼木が今や立派に成長した。そこで今回殿下が無駄な枝を払う役を担われた。これを枝打ちという。県内外から約六千人が参加し森林を守り育てることの大切さを再認識したという。今回は行われなかったが、普通育樹祭には、ひょろひょろした育ちの悪い木を抜くこと（間伐《かんばつ》という）も行われるそうである。

育樹祭は午前中で終了し、世田谷区営のふじやまビレジで殿下は昼食を摂られることとなる。

「ここには夏目漱石も食した、二百年以上も昔、即ち江戸時代から継承されてきた糠漬がございますが、お召し上がりになりますか」と村長さんがお尋ねすると、殿下は「いただきましょう」とお答えになって召し上がって下さった。殿下の素直で気さくなお人柄が偲ばれて、私は嬉しくなると同時にすっかり恐縮した。御年齢からも、御身分からもお察ししてもナスやキュウリの漬物などに御関心がおありになるとはとても思えないのに、こんなにもサービス精神旺盛でいらっしゃるとは。皇族方の善意溢れる、良質な社交性は、私のような庶民の心をも打つのである。

こうしてわが糠みそは「夏目漱石が食した」と「江戸時代から継承されている」という二つの肩書きのほかに「皇太子殿下も召し上がった」というもう一つの名誉ある、ナウイ肩書きが加わったのである。日本に漬物数々あれど、三つも肩書きの備わった漬物はまずないのではあるまいか。メデタシ、メデタシである。

漱石・私の三冊

最近はよく「お好きな作品は何ですか」と聞かれる。さきの新宿区主催の「漱石山房」建設募金のためのシンポジウムでも、司会の牧村氏（牧村健一郎氏・朝日新聞記者で『新聞記者夏目漱石』などの著書がある）に尋ねられた。また、毎日新聞書評欄のコラム「この3冊」にも寄稿を求められた。そのたびに、私はきまって『道草』『行人』『彼岸過迄』の三冊をあげることにしている。

当り前すぎて何の変哲もないじゃないか、と思われそうであるが、実は、漱石研究家や文芸評論家の先生方とはいささか異なる観点から、私はこの三冊を好きな作品としている。そのことをちょっと語ってみたいと思う。

「健三が遠い所から帰ってきて駒込の奥に世帯を持ったのは東京を出て何年目になるだろう。彼は故郷の土を踏む珍しさのうちに一種の淋し味さえ感じた」で始まる『道草』には、遠い所すなわちロンドン留学から帰国した時からの三年間位のことが描かれている。私の母筆子（漱石の長女）が物心ついてはじめて父漱石に接して暮した数年間が、丁度この小説に描かれた時期と重なっている。それは筆子にとって誠に不幸な時期であった。

この頃の漱石は強度の神経症におかされていて妻鏡子や筆子らにしばしば狂気の沙汰を演じた。妻子は、今でいうドメスティックバイオレンス、虐待の最たる犠牲者であったのである。

子供の頃から「その恐いったらなかったのよ」と聞かされ続けて育った私が、この漱石の自伝的小説を読む目的は、暴力をふるう時の本人は果して承知していたのか、それとも無意識のうちに手を上げていたのか、そしてそれらが正直に書かれているかどうかを知ることにあった。ところが漱石の筆は暴力沙汰にまでは及んでいない。そしてギクシャクした健三と住《すみ》の夫婦関係が達意の心理描写で寒々と浮き彫りにされている。

妻子に優しい言葉の一つもかけてやらないのに、妻の無愛想や自分になつかない子等に満ち足りなさを感じる。温かい家庭生活を営むことができないことに苛立って、癇癪《かんしゃく》を起こして暴力をふるう。これが神経症のなせる業なのであるから、漱石その人はどれほど寂しかったことであろう。それはよくわかるが、これだけでは妻や子供達が可哀相過ぎると私は大いに同情してしまう。そして漱石のウソつきと思ってしまう。

そうは思うものの、「今の彼は切り詰められた余裕のない生活をしている上に周囲のものからは活力の心棒のように思われていた。それが彼には辛かった。自分のようなものが親類中で一番好くなっていると考えられるのはなおさら彼の孤独を倍加したに違いない」という文章が示すように、実姉夫婦、実兄、養父母、そしてかつて高い地位にいて裕福であった舅までもが、まさかの零落で、たかが三十代の大学講師風情の漱石に無心をする始末。これでは生来のものもあったにせよ、ロンドンから引きずってきた神経衰弱は悪くなる一方であったろう。祖母も母も可哀相。でも祖父こそ本当に可哀相、と私は泣いてしまう。

つまり、私にとって『道草』は作り事ではなく、主人公を祖父漱石として読まざるを得ない小説と言える。祖父がどんな人であったか知るためのこの上ない一冊なのである。『行人』は虚構の小説であるが、主人公一郎は漱石その人になぞらえてもいいのではあるまいか。いや私には一郎の妻直《なお》を鏡子に、一郎になつかない娘の芳江は筆子に、それぞれそのまま置き替えられる。実際、直は無愛想で無口で愛嬌も世辞も振りまかない鏡子によく似ている。「彼女はけっして温かい女ではなかったが、相手から熱を与えると温め得る女であった。持って生れた天然の愛嬌を搾り出す女であった」と一郎の弟二郎に言わしめている。

『道草』の健三よりも一郎は裕福で、地位も高く、わがままに育てられ恵まれた環境にいるが、男女の自我の確執と衝突を基軸として、家の中でどんどん孤独に陥っていく。一郎を苦しめる内的不安と人間不信は、彼をして自己絶体化の道を歩ませ、その結果、孤独で恐ろしく寂しい世界の中で苦悩を続けなければならなくなる。

一郎は妻の直を愛そうとするが信じることができなくて、二人の距離を縮めることができずに悩む。猜疑の塊のような一郎はこともあろうに直の貞操試しを二郎にさせた。こうなると一郎は神経衰弱どころか狂人以外の何ものでもない。

この小説を読んで、漱石は己の狂気を充分に認識していて書いたのだなと私は納得したのである。そして漱石がこんなにも悩み苦しんでいたのか、と同情すると同時に、驚くべきほど冷静に自分を分析できるその客観的な作家魂に舌を巻いている。

漱石の神経症に悩まされた鏡子は神仏占いに縋らざるを得なかった。それが高じて生涯占い好きであった。『彼岸過迄』は田川敬太郎という青年が狂言まわしとなって、六つの短編から成っているちょっと変わった小説である。そこに漱石は妻鏡子の占い好きを巧みに織りこんでいる。それが私には面白くてならない。

敬太郎は、九枚の文銭によって運命を卜《ぼく》する婆さんの占いに観てもらっている。

「あなたは自分の様な、また他人の様な、長い様な、また短い様な、出る様な、また這入る様なものを持っていらっしゃるから、今度事件が起ったら、第一にそれを忘れないようになさい。そうすればうまく行きます」

この言葉に従ってステッキを突いて出かける。そしてこのステッキが敬太郎の運命を開く。ステッキは同じ下宿にいた男の置いていったものだが、握りのところが蛇の頭になっている。

とにかくこの文銭占いの婆さんが熱をこめて細々と書かれている。あるいは易占好きの鏡子から、そんな占い師の存在していることをそれとなく聞いていて、それを存分に生かしたものか。『彼岸過迄』を読むたびに、漱石も案外占い好きであったのかな、と微笑ましく思えてくる。

以上の三作、いずれも祖父漱石の神経症、暴力につながっている。別に意識したわけではなくて自然にそうなったのが、われながらオカシイ。

あとがき

夫の遺言？

夫・半藤一利が九十歳で亡くなったのは、令和三年一月十二日であったから、あれはそれを遡ること二年前の令和元年の秋頃のことではなかったか。

家の二階の廊下で、書斎から出てきた夫と鉢合わせた時、

「あっ、あなたの今まで書いてきたエッセイの中から、夏目家のことを書いた作品だけを選んで、それで一冊にまとめてみたらどうかしら？　面白いと思うけどねえ……。ちょっとKさんに相談してみたら？」

と言った。

Kさんとのお付き合いは、彼女が上司のお使いでわが家を訪れた時に始まる。

お目にかかってまだ間もない頃、夫が原稿を書き上げる間の一、二時間を別室で私とお喋りをしながら待っていて下さったことがあった。

私はその頃ケーキ作りに夢中になっていて、教室にも通っていたが、家でも毎日せっせと作っていた。しめしめとばかりに、お味見を願うこととなる。

秀才で細身で、美しい彼女が、

「美味しい！」

と言って四つも五つもパクパクと食べて下さって、私を大いに驚かせると同時に喜ばせて下さった。

「私ね、ケーキ作りだけではなくて、文章を書くのも好きなのよ」

と、話の流れの中で彼女に言ったのは、お互いにまあまあ親しく話が出来るようになった頃合いだったろうか。

「あら、なぜ今まで教えて下さらなかったのですか？　それならぜひ読ませてくださいよ」

と彼女が嬉しそうに言う。

それならと恐る恐る、でも少しは思いやりのある感想を期待しながら原稿の束を手渡すと、ペラペラとめくってから、思いのほか真剣に読み出した。

何篇か続けて読み、顔を上げた彼女が、

「この文章はお金になります。私に御本を作らせて下さい。今までの作品を全部お預かりさせてください」

とニコニコしながら言った。


平成十二年の五月、私のデビュー作『夏目家の糠みそ』は、こうして出来上がった。当時はまだ本の売れる時代で、私のような無名著者の本でも発売間もなく重版になり、一万三千部も売れた。

そんないきさつがあったので、夫は縁起をかついで「Kさんに相談したら」と言ったのであろう。

夫が亡くなった後しばらくして、私はこの一件を思い出したのだが、肝腎のKさんは出世して今は編集の仕事を離れていると人づてに聞いた。だから仕方がないと半ばあきらめていたのである。


昨年の暮れに夫の位牌に線香を上げに来て下さったＰＨＰ研究所の大久保龍也さんが、

「じゃ、それ、私の仕事にさせてくださいませんか」

と言って下さった。

大久保さんは、夫が編集者をやめて物書きに転じた時、一番に、そしてその後も切れ間なく作品を注文して下さった方である。昔からとても親しくしていただいてきた彼が、「夫の遺言?」を叶えて下さるような気がしている。

亡き夫の想いを乗せているこの本が、多くの読者に迎えられますようにと祈る。

そして、夫の介護で疲労困憊してしまった私の体調が、この本の出版を機に少しでも上向いてくれないか、そうしたら父のことや夫の思い出などをもっと書きたい。

今、そんな気持ちである。


令和五年師走の寒いけどよく晴れている午後に

半藤末利子

【初出一覧】
まぼろしの漱石文学館／中根家の四姉妹／漱石夫人と猫／松岡譲文学賞のこと／父からの便り／「料理の友」／漱石の長襦袢／ロンドンからの手紙／芥子餅の思い出……『漱石の長襦袢』（文春文庫）
漱石記念館への道／漱石・私の三冊……『老後に乾杯！』（ＰＨＰ文庫）
漱石夫人は占い好き／祖母夏目鏡子と父松岡譲……『漱石夫人は占い好き』（ＰＨＰ研究所）
祖母鏡子と私／松岡譲『敦煌物語』／母、筆子のこと／「あなた、どなた？」／ソーセキ君との初対面／増えた肩書き……『老後に快走！』（ＰＨＰ文庫）
父・松岡譲のこと／漱石の書画／母のこと・祖母のこと／母からきいた夏目家の暮らし／母への想い三話／難行苦行の十七文字／長岡についての三話／笹団子／漱石の食卓／夏目家の糠みそ／糠みそ……『夏目家の糠みそ』（ＰＨＰ文庫）
動かない左足／別れの日／母の半襟／叔母のこと……『夏目家の福猫』（新潮文庫）

〈著者略歴〉
半藤末利子（はんどう　まりこ）
エッセイスト。1935（昭和10）年、作家の松岡譲と夏目漱石の長女筆子の四女として東京に生まれる。1944（昭和19）年、父の故郷である新潟県長岡市に疎開、高校卒業まで暮らした。早稲田大学芸術科、上智大学比較文化科卒業。夫は昭和史研究家の半藤一利。六十の手習いで文章を書きはじめる。夏目漱石生誕150年の2017（平成29）年、新宿区立漱石山房記念館名誉館長に就任。著書に『夏目家の糠みそ』『漱石夫人は占い好き』『夏目家の福猫』『漱石の長襦袢』『老後に乾杯！　ズッコケ夫婦の奮闘努力』『老後に快走！』『硝子戸のうちそと』がある。

装丁——片岡忠彦（ニジソラ）

夏目家のそれから

2024年2月9日　第1版第1刷発行

著　者　半藤末利子
発行者　永田貴之
発行所　株式会社ＰＨＰ研究所
東京本部　〒135-8137　江東区豊洲5-6-52
文化事業部　☎03-3520-9620（編集）
普及部　☎03-3520-9630（販売）
京都本部　〒601-8411　京都市南区西九条北ノ内町11
PHP INTERFACE　https://www.php.co.jp/
組　版　朝日メディアインターナショナル株式会社
印刷所　株式会社精興社
製本所　株式会社大進堂

ISBN 978-4-569-85645-2